Newton Compton Editores

Título original: *Poison at the Village Show*

© 2022, por Catherine Coles
Edición original publicada por Boldwood Books Ltd. Edición española publicada
según acuerdo con The Agency srl of Vicki Satlow.
© 2025, de la traducción por Begoña Prat Rojo
© 2025, de esta edición por Antonio Vallardi Editore S.u.r.l., Milán

Todos los derechos reservados

Primera edición: julio de 2025

Newton Compton Editores es un sello de Antonio Vallardi Editore S.u.r.l.
Pl. Urquinaona, 11 3.º 1.ª Izq., Barcelona, 08010 (España)
www.newtoncomptoneditores.com

Gruppo editoriale Mauri Spagnol S.p.A.
www.maurispagnol.it

ISBN: 978-84-10359-94-9
Código IBIC: FA
DL: B 3.068-2025

Diseño y composición de interiores:
David Pablo

Impreso en julio de 2025 en Puntoweb s.r.l., Ariccia (Roma), en Italia.

Catherine Coles

Un misterioso homicidio y muchos secretos

Traducción de Begoña Prat Rojo

Newton Compton Editores

Barcelona, 2025

A mi hermano, a quien echo de menos todos los días, pero cuya pérdida me recuerda lo importante que es perseguir sin descanso tus sueños y no rendirte jamás.

Dramatis personae

Martha Miller – Protagonista
Ruby Andrews – Hermana de Marta
Luke Walker – El nuevo vicario
Alice Warren – Presidenta del Comité del Pueblo
de Westleham
Charles Warren – Marido de Alice
Cyril Bottomley – Agente de Policía local
Ben Robertson – Inspector de Policía
Ernest Harrington – Dueño de la oficina de Correos, que
es también el colmado del pueblo
Elsie Harrington – Esposa de Ernest
George Felton – Vecino del pueblo
Gertrude Felton – Esposa de George y ama de llaves
de la vicaría
Ada Garrett – Cotilla del pueblo
Maud Burnett – Vecina de Marta, aficionada a difundir
cotilleos
Joe Noble – Dueño del *pub* del pueblo, el Cricketer's
Arms
Florence Noble – Hija de Joe
Margaret Leaming – Secretaria del Comité del Pueblo
de Westleham
Doctor Briggs – Médico de familia
John Bennington – Granjero local
Stan Miller – Marido de Martha, desaparecido desde
hace un año
Lizzie – Perra de Martha
Nancy Turner – Niñera de los Harrington

1

Westleham, Berkshire
Julio de 1947

–Me han dicho que el nuevo vicario es un bombón –le comenté a Lizzie, mi *setter* irlandesa, y me quedé pensativa–. Claro que las dos sabemos que, en este pueblo, cualquier hombre sin pelos en las orejas o la nariz es un buen partido.

La verdad es que lo atractivo que fuera un hombre no debería haber sido algo que me preocupara, teniendo en cuenta que estaba casada. Pero la cosa era que no sabía dónde se encontraba mi marido. Una mañana, hacía aproximadamente trescientos sesenta y cuatro días, diez horas y tres minutos, Stan se había marchado a trabajar a la ciudad y no había vuelto. Y no, no es que yo hubiera contado los minutos que había pasado sin él. No era el caso.

Hasta donde todos sabíamos, se había subido al tren que cogía a diario en la estación de nuestro pequeño pueblo para ir a Londres. Varios de los viajeros recordaban haberlo visto esperando en el andén. A partir de ese momento, se le perdió la pista.

Stan no se presentó en el trabajo y, desde entonces, nadie lo había visto. Si yo sabía con tanta precisión el tiempo que llevaba desaparecido no era porque me resultara difícil vivir sin él; había aprendido a hacerlo cuando se marchó al extranjero a luchar por la libertad de nuestro país. No, por triste que parezca, el principal motivo para saber cuánto hacía que Stan se había marchado estaba inextricablemente ligado a mi incapacidad para pagar las facturas de la casa.

El banco en el que trabajaba mi marido le pagó el sueldo hasta la semana en que desapareció. Después de eso, había tenido que enfrentarme sola a todo.

Con los codos apoyados en la mesa de la cocina y la barbilla en las palmas de la mano, me volví hacia Lizzie.

–Ojalá se me diera bien alguna cosa por la que pagaran dinero.

Había dicho, o cuanto menos pensado, esas mismas palabras cientos de veces a lo largo del último año. Por desgracia, era una de esas chicas que no se habían preparado para tener una carrera fuera del hogar porque no se consideraba necesario. Tras dejar la escuela, ayudé a mi madre con mis hermanos pequeños hasta que tuvieron edad de escolarizarse. Tenía la impresión de que, cuando dejé de resultarles útil en casa, mis padres me animaron encarecidamente a que encontrase marido.

No era tarea fácil. No porque no fuera una joven atractiva, sino porque había montones de chicas más guapas que yo. No tenía el pelo de un hermoso rojo reluciente ni de color miel, sino de un tono intermedio entre ambos. Si me apuraban, podía afirmar con cierto optimismo que era cobrizo. Seguramente, mi mejor rasgo eran los ojos, de un llamativo azul marino, junto con mis pestañas y cejas rubias. Y la nariz, aunque pequeña, era respingona.

Cuando encontré un muchacho con trabajo y un buen sueldo, pensé que me había tocado la lotería. Aunque no me enamoré perdidamente de él, era un buen marido, formal y que proveía para que viviéramos los dos sin estrecheces.

Apenas llevábamos dos años adaptándonos a la vida de casados cuando estalló la guerra en Europa. En aquel entonces, me alegré de no tener hijos de los que ocuparme una vez llamaron a filas a Stan. Ahora, deseaba que el motivo para quedarme en casa fueran mis hijos, y no mi falta de experiencia profesional.

–Nadie quiere contratar a una mujer cuya mejor aptitud son las tareas del hogar –informé a Lizzie con tristeza–. Ojalá me pareciera más a Ruby.

–Te aseguro que mi trabajo no te gustaría un pelo. –Ruby entró con paso cansado en la cocina y metió los pies, enfundados en calcetines, en las zapatillas que yo había dejado delante de la cocina AGA para que se calentaran–. Es tedioso, muy pero que muy mal pagado, y estoy segura de que pasarme el día de pie no puede ser bueno para mi espalda.

—No te he oído entrar.

Me puse las manoplas y coloqué en el centro de la mesa, junto a un cuenco de ensalada variada, la quiche que había dejado sobre la cocina para que se enfriara.

—Igual si no hubieras estado hablando con la perra, me habrías oído.

Ruby señaló a Lizzie y le acarició la cabeza.

—Aquí no hay nadie más con quien hablar. —Abrí los brazos con las palmas de las manos hacia arriba—. Y, además, nunca me contesta.

—De verdad que no hace falta que me calientes las zapatillas, Martha. ¡Estamos en julio!

Ruby me dedicó una sonrisa antes de lavarse las manos.

Yo me encogí de hombros.

—Sé cuánto te duelen los pies después de pasarte el día plantada sobre ellos. Te caliento las zapatillas para que estés más cómoda.

Ruby se secó las manos y se sentó frente a mí. Lizzie se tumbó debajo de la mesa, a nuestros pies.

—Gracias. Mis pies estarán la mar de cómodos durante media hora, mientras como. Luego tengo que marcharme.

Reprimí un suspiro. Ruby no tenía la culpa de ser todo lo contrario que yo; es decir, inteligente, vivaracha e increíblemente guapa. Salía todos los viernes y sábados, aunque nunca me daba detalles de sus citas; como hermanas, no teníamos esa clase de relación.

Yo era la mayor de todos los hermanos y seguía abochornada por haber tenido que pedir a mi hermana pequeña que viviera conmigo para poder pagar los gastos de la casa. Cuando me casé con un hombre resuelto y responsable como Stan, no esperaba acabar teniendo que aceptar a una inquilina.

Varias semanas después de la desaparición de mi marido, el encargado del banco local me llamó y me citó en su oficina. Allí me explicó con diligencia que la cuenta de Stan estaba únicamente a su nombre y yo no podía acceder a ella bajo ningún pretexto, ni siquiera para retirar fondos, aunque sí podía ingresar dinero para cubrir las facturas de la casa.

¿Ingresar dinero?

Se me encendieron las mejillas al recordar lo humillante que me había resultado explicar que no tenía dinero ni forma de ganarlo. Durante la guerra, había trabajado de granjera para la Women's Land Army, pero, como era de esperar, cuando los hombres regresaron, las mujeres ya no fueron necesarias para labrar la tierra.

Tras la marcha de Stan y una infructuosa búsqueda de empleo, la única opción que me quedó fue acoger un inquilino. Por suerte, tenía una hermana que aceptó al vuelo la posibilidad de abandonar la zona rural del centro del país para vivir más cerca de las deslumbrantes luces de Londres. Sabe Dios qué habría sido de mí si no llega a ser por Ruby.

—¿Has quedado? —pregunté, mientras cortaba un pedazo de quiche y lo dejaba en el plato de Ruby.

—Sí —contestó ella al tiempo que amontonaba lechuga, espinacas, remolacha, rábanos y tomates en su plato—. Me voy al cine.

—¿Con un chico?

Nos serví una taza de té a cada una y empujé el platillo de Ruby por encima de la mesa. Aunque por lo general nunca preguntaba nada, esa noche era más consciente de lo habitual de lo poco emocionante que era mi propia vida.

—Sí. —Nuestras miradas se cruzaron durante un instante y luego ella bajó de nuevo la vista hacia su plato—. Me he enterado de que el nuevo vicario es la mar de guapo.

—¿Cómo lo sabes?

Ruby agitó la mano en el aire.

—En el pueblo no se habla de otra cosa.

Cómo no. La última cosa emocionante que había pasado en Westleham era el síncope que le había dado al anterior vicario antes de poder acabar su sermón. El doctor Briggs, el médico de nuestro pueblo, aseguró a la congregación que el vicario ya estaba muerto cuando cayó redondo sobre el inclemente suelo de piedra de la iglesia.

Pensándolo bien, «emocionante» no era el término adecuado. Me mordí el labio. Pobre reverendo Gibbs.

–Se me hará raro tener un vicario que no sea viejo –comenté–. Aunque, claro, al nuevo le faltará experiencia vital para sus sermones.

–Si me preguntas a mí, el reverendo Gibbs incluía demasiado de todo en sus sermones. Antes de darme cuenta de la gravedad de la situación, pensé que se había aburrido tanto a sí mismo que se había quedado dormido.

–¡Ruby! –la reñí, aunque no pude evitar que se me curvaran las comisuras de los labios en una sonrisa.

Ella se encogió de hombros.

–¿De qué es la quiche, Martha? Está deliciosa.

–Espinacas, cebollino y pimiento. Nada sofisticado.

No nos podíamos permitir sofisticaciones. Cualquier cosa que no pudiera cultivar en el huerto o sacar del alquiler que me pagaba Ruby no formaba parte de nuestro menú. Ese era uno de los beneficios derivados de la guerra: había aprendido a cultivar un sinfín de frutas y verduras. En el jardín trasero también teníamos gallinas. Si algún día Stan volvía a casa, se quedaría desolado al ver cómo mi afán hortícola había diezmado el terreno que tanto apreciaba.

–¿Sigue todo intacto en tu huerto?

Era una pregunta inocente, pero eso no impidió que me sintiera extremadamente culpable.

La feria del pueblo estaba programada para el día siguiente y yo era una de las pocas vecinas cuyo huerto seguía indemne. Alguien, cuya identidad todavía no se conocía, se dedicaba a entrar en los huertos del pueblo en plena noche para destruir las plantas.

–Sí. La gente me va a señalar con el dedo y va a decir que he echado a perder el concurso para ganar el premio.

En cierto sentido, deseaba que el desconocido acudiera también a mi huerto y destrozara algo para no llamar tanto la atención. Mi huerto incólume, lleno de todos los frutos que con tanto empeño había cultivado, anunciaba a los cuatro vientos que, hasta el momento, había conseguido librarme del asesino furtivo de verduras, y sin duda eso llevaba a todo el mundo a preguntarse si era yo la culpable.

—Tu huerto es el mejor, sin más. —Ruby alargó la mano y me dio unas palmaditas en la mía—. Nadie dedica tanto tiempo como tú a cuidar de sus frutas y verduras. Si ganas un premio, será de lo más merecido.

—Gracias —dije, y tragué saliva para deshacer el repentino nudo que se me había formado en la garganta.

Me concentré en atrapar los restos de lechuga con el tenedor mientras parpadeaba para contener las lágrimas. Si Ruby hubiera sabido lo disgustada que estaba con el tema del vandalismo de los huertos del pueblo, no habría salido ni me habría dejado sola en casa.

Yo nunca había sido especialmente sociable, ni siquiera cuando Stan y yo nos mudamos al pueblo. Había dedicado los primeros meses de nuestro matrimonio a crear un hogar que esperaba que hiciera feliz a mi marido. Durante la guerra, estaba demasiado ocupada para hacer amigos. Más adelante, cuando Stan desapareció, no me hizo muy feliz convertirme en protagonista de los cotilleos del pueblo. Al excavar la tierra de nuestro terreno para ampliar mi pequeño huerto, me quedé destrozada al enterarme de que una anciana especialmente desagradable, llamada Ada Garrett, había sugerido que lo más seguro era que hubiera enterrado a mi marido bajo las patatas.

Así pues, estaba convencida de que muchos de los vecinos creían que era yo quien se escabullía a hurtadillas de madrugada para sabotear la cosecha de los demás. Sin embargo, en primer lugar estaba demasiado agotada después de pasarme el día en el huerto, limpiar la cocina tras la cena y sacar a pasear a Lizzie como para plantearme siquiera salir de mi casita en plena noche. En segundo lugar, y más importante aún, no le daba la menor importancia a ganar un premio.

No obstante, si el premio hubiera sido monetario, no habría dudado en arrancar alegremente los suculentos tomates de la señora Henderson o cortar en dos los galardonados calabacines del señor Peters.

Recogí los restos de nuestra comida y lavé los platos mientras Ruby se preparaba para su cita. La radio atronaba desde su cuarto con una canción moderna que no reconocí y que flotaba escaleras abajo.

Desde que Ruby se había convertido en mi inquilina, no era la primera vez que me sentía vieja y desconectada del mundo que se extendía más allá de Westleham. La última ocasión que había salido del pueblo había sido para llevar a Lizzie al veterinario, lo cual, por supuesto, era otro problema. Mi mejor amiga era una perra.

Aunque suponía tener siempre a alguien con quien hablar, de vez en cuando habría sido agradable recibir una respuesta que no fuera un hocico húmedo o un lametazo conciliador. Nunca había sido una persona sentimental, pero cada vez tenía más necesidad de contacto humano. A lo mejor, ahora que había empezado a solucionar las consecuencias económicas de la desaparición de Stan, sería más capaz de enfrentarme a los sentimientos que me había generado el incidente que había dado forma a mi vida.

Sacudí la cabeza para apartar esos pensamientos melancólicos, cogí la correa de Lizzie e introduje los pies en los zapatos que descansaban con tristeza junto al felpudo de la entrada. A pesar de lo reconfortante que pudiera resultar la idea de recibir un abrazo humano, Ruby y yo no formábamos parte de una familia muy cariñosa. Mi compañera canina era mi única fuente de consuelo y, aun así, tenía mucha más suerte que gran parte de la gente tras los estragos de la guerra.

Salí y cerré la puerta. Aunque Ruby no hubiera estado en casa, habría hecho lo mismo. No vivíamos en el tipo de pueblo en el que hiciera falta echar la llave en la puerta de entrada. Stan, sin embargo, siempre había insistido en que protegiéramos nuestra casa. A mí no me había parecido raro dado que él trabajaba en Londres, donde, como me informó con gran seriedad, las personas recelaban más unas de otras.

Por lo general, tras cerrar la verja del jardín a mi espalda giraba a la izquierda. Prefería pasear por el linde de los campos del granjero Bennington, donde las posibilidades de encontrarme con otro ser humano eran nulas.

Esa noche, no obstante, me dirigí hacia el pueblo. Mi casa se encontraba en los límites de Westleham, apartada de la tranquila carretera rural que atravesaba el centro de la localidad. A cada lado de la verja había setos altos que nos proporcionaban un grado de intimidad que en realidad no necesitábamos. Debido a nuestra ubicación, la gente solo se alejaba tanto del pueblo carretera abajo si quería visitarnos, cosa que seguramente explicaba mi estado de ánimo melancólico: era muy poco habitual que alguien llamara a la puerta de Casa Tulipán.

Mi boca esbozó una media sonrisa. El tulipán era mi flor preferida, pero Stan detestaba que nuestro hogar tuviera una placa en la que se anunciaba su nombre. Sin embargo, varias semanas después del abandono de mi marido, llegué a un acuerdo con John Bennington, el granjero que era mi vecino más cercano en dirección este, y este me hizo un letrero que proclamaba el nombre de nuestro hogar. Le pagué con tartas de manzana.

Desde entonces, siempre que volvía a casa, recordaba el único acto de rebeldía de todo mi matrimonio. Qué pena que hubiera sentido que tenía que esperar a que mi marido no estuviera para atreverme a hacer algo que sabía que él no aprobaría.

En sentido opuesto, mi vecina más cercana era Maud Burnett, una mujer mayor a la que le gustaba enterarse de todos los cotilleos del pueblo. Lo que más placer le daba, sin embargo, era repetirlos. Era Maud quien me había informado de que Ada Garrett estaba compartiendo con los vecinos del pueblo su convicción de que la Policía no iba a encontrar a Stan en Londres... sino bajo mis patatas.

Si hubiera sentido deseos de asesinar a mi marido, que no era el caso, no habría sido tan tonta como para enterrarlo en mi propiedad. Entre las tierras de John Bennington y la carretera había zanjas profundas; si alguien hubiera arrojado allí un cuerpo y lo hubiera cubierto de hojas, lo más probable era que nadie lo encontrara.

Negué con la cabeza. Tal vez si Ada difundía esos infames rumores sobre mí era porque yo parecía culpable. Seguro que las amas de casa normales y corrientes no pensaban en la mejor forma de deshacerse del cadáver de su marido. En mi defensa, hay que decir que, hasta la noche en que, un año atrás, Stan no volvió casa, nunca se me había pasado por la cabeza la idea de acabar con él. Fue entonces cuando deseé haber sido lo bastante valiente como para hacerlo desaparecer con mis propias manos.

–¡Buenas tardes! –exclamó una grave voz masculina.

Aparté de mi mente cualquier pensamiento sobre Stan y asesinatos, y miré hacia el otro lado de la estrecha carretera. Un hombre de pelo moreno al que no conocía me saludó con una mano. Con la otra, sostenía un elegante sombrero de fieltro negro. Me pasé la lengua por los labios, que de pronto se me habían quedado secos, y recé para que los pantalones de un beis desvaído que llevaba no estuvieran muy sucios. Al menos me había acordado de quitarme el delantal.

Lo saludé a mi vez con la mano y no pude evitar atusarme el pelo. Ojalá me hubiera atrevido a teñirlo de un rubio más vivo y llamativo, como el de Ruby, aunque la ancha cinta roja para la cabeza, que había confeccionado con la manga de un jersey viejo, cubría gran parte de mi apagada cabellera.

Lizzie me golpeó la pierna con la cola mientras el desconocido cruzaba la calle a largas zancadas. Aquel hombre tenía que ser el nuevo vicario, y mi comentario a Lizzie de que por lo visto era «un bombón» no hacía justicia a su atractivo.

Tenía los ojos azules enmarcados por unas pestañas oscuras que se curvaban hacia arriba. ¿Por qué razón los ojos de los hombres siempre parecen mucho más bonitos que los de las mujeres? Era muy alto y tenía pecas espolvoreadas sobre la nariz y las mejillas. Me acordé de mi abuela, que las llamaba «besos de hadas». Reprimí mi inapropiado deseo de compartir aquella información con él y le tendí la mano.

–Martha Miller. Señora Miller. Encantada de conocerlo.

Deseé no haber dejado tan claro que estaba casada. Aunque, siendo realista, tratar de ocultar mi estado civil en aquel pueblo era una tarea inútil. Lo más seguro era que él ya supiera con exactitud quién era yo. A lo mejor incluso había tratado de visitarme para preguntarme por mi marido y saber si necesitaba que rezara por mi absolución. No me cabía duda de que, si el vicario había hablado ni que fuera un poco con Ada desde su llegada, ella se habría apresurado a ponerle al día de las últimas teorías.

Él sonrió, dejando al descubierto una hilera de dientes blancos y bien alineados. Sencillamente, aquel hombre era demasiado bueno para ser verdad.

–Señora Martha Miller –repitió–. Es un placer conocerla.

–Vivo allí. –Señalé hacia mi casita.

Sin embargo, lo más probable era que él ya supiera donde vivía porque hacía tan solo unos segundos que había cerrado la verja a mi espalda y había echado a andar por la carretera. Menuda boba estaba hecha. Le eché la culpa de mi estupidez al cansancio, y busqué un tema de conversación apropiado e interesante.

La cola de Lizzie se agitaba de un lado a otro; saltaba a la vista que estaba tan emocionada como yo de conocer a aquel atractivo recién llegado. Por suerte para ella, era una perra y no podía ponerse en evidencia diciendo algo absurdo solo para darle conversación. El vicario dobló las rodillas y acarició con entusiasmo la cabeza de Lizzie con sus grandes y diestras manos.

—Es muy bonita —dijo.

—Sí.

Me pasé de nuevo la lengua por los labios. Ojalá me hubiera puesto cualquier cosa que no fuera aquella blusa de un amarillo apagado y los pantalones que habían sido de Stan. Aunque había cortado los centímetros sobrantes de las perneras y había cosido el nuevo dobladillo, poco podía hacer con la cintura. En aquel momento, los llevaba sujetos con un trozo de cordel. Estaba segura de que si hubiera llevado mi mejor vestido, así como tal vez un toque del pintalabios de Ruby, me habría sentido mucho más segura de mí misma y la conversación habría fluido con facilidad entre nosotros. Por desgracia, yo era solo yo.

—¿Así que es usted el nuevo vicario?

Como si el alzacuello blanco no lo dejara claro. Era más que boba. Era una imbécil balbuceante. No era de extrañar que Stan me hubiera abandonado.

—Luke Walker. —Sonrió de nuevo, y no fui capaz de discernir si se debía a que era simpático o si se estaba riendo de mi incompetencia social—. Y sí, soy el nuevo vicario.

—Y ¿dónde está la señora Walker? —pregunté, mirando por encima de su hombro como si su mujer pudiera estar escondida tras el seto de Arthur Peter, esperando a dar un salto y aparecer en cuanto preguntara por ella.

—Por desgracia, todavía no he encontrado a nadie que me aguante —contestó él con soltura.

Aunque me costaba creérmelo, me guardé muy mucho de compartir esa certeza con él. Bajé la vista hacia el suelo y me preparé para la inevitable pregunta. Ahora que le había preguntado por su mujer, lo más probable era que él me preguntara por mi marido. A menos, claro, que Ada ya se lo hubiera contado, como me temía.

—Lizzie —balbuceé.

Me sonrojé mientras él me miraba, desconcertado.

—Me ha parecido entender que se llama Martha.

—Sí. —Asentí con la cabeza y tragué saliva, muerta de vergüenza—. Esto..., sí, sí, yo me llamo Martha. Mi perra, a la que estaba usted admirando, se llama Lizzie.

La verja de mi jardín se cerró con un golpe y se oyeron unos zapatos taconeando por la acera a medida que Ruby se acercaba rápidamente hacia nosotros. El vestido que llevaba era del mismo tono de amarillo que los pimientos que yo había recogido aquella mañana. Llevaba los labios pintados de un rojo intenso, las piernas enfundadas en unas medias finas y los pies metidos en un par de zapatos negros con los que yo no habría podido dar ni dos pasos sin caer de bruces.

—Hola —saludó a Luke con serenidad—. Soy Ruby Andrews, la hermana menor de Martha.

Durante un breve instante, noté cómo me embargaba la ira. Ruby llevaba el pelo peinado de una manera impecable, un bonito vestido y unos zapatos femeninos. Yo no llevaba ninguna de las tres cosas. Ruby también acababa de anunciar que yo era la hermana mayor. Reprimí un suspiro. No tenía sentido enfadarse por algo que saltaba a la vista.

—Les dejo que hablen —me apresuré a decir—. Yo tengo que ir a pasear a Lizzie. Ha sido un placer conocerlo, vicario. Pásalo bien, Ruby.

Me alejé muy deprisa, antes de que les diera tiempo a contestar.

¿A santo de qué había pasado tanto tiempo deseando tener más contacto humano? En cuanto había conseguido lo que se suponía que quería, me había puesto en ridículo, incapaz de elaborar ni siquiera una simple frase.

—Sin duda, es muy atractivo —le dije a Lizzie cuando volvimos a casa después del paseo—. Pero es algo más que eso.

Puse agua a hervir en la placa de la cocina AGA; a continuación abrí mi infusor de té y lo llené con cuatro cucharaditas de flores de lavanda. Tras introducirlo en la tetera, me volví hacia Lizzie. Aunque supongo que a ella no le importaba, siempre me había parecido de mala educación darle la espalda mientras hablaba.

–Ha sido como si fuera incapaz de decir algo que sonara ni que fuera un poco inteligente –me lamenté–. Habrá pensado que soy tonta.

Lizzie ladeó la cabeza y me dedicó una maravillosa emulación de completa simpatía por mi situación.

–Me imagino que el domingo la iglesia estará llena. Es muy posible que este nuevo párroco sea capaz de camelarse incluso a las viejas cascarrabias. –Me mordí el labio–. Sé que es muy egoísta por mi parte, y que además no es asunto mío, pero espero que no se enamore de Ruby.

A Lizzie no pareció importarle que no fuera demasiado leal con mi hermana. Yo debería haber estado encantada de que un tipo agradable y decente como el vicario se interesara por Ruby.

En cuanto el agua hirvió, la vertí en la tetera. Mientras se hacía el té, me dirigí al vestíbulo y me miré en el espejo ovalado. Volví la cabeza a un lado y al otro, cosa que no alteró el reflejo ni me permitió ver nada nuevo.

–Tengo la nariz demasiado respingona –le comenté a Lizzie al entrar de nuevo en la cocina–. Mi pelo no tiene brillo y mi ropa es vieja y andrajosa. Por el amor de Dios, si llevo los pantalones viejos de Stan.

Negué con la cabeza, enfadada conmigo misma. Qué importaba la impresión que le hubiera causado al párroco. Me gustara o no, estaba casada. Hasta que Stan no volviera a casa, o la Policía encontrara su cuerpo, poco podía hacer para cambiarlo.

Tampoco valía la pena perder el tiempo compadeciéndome. Hacía mucho que había aceptado mi suerte en la vida. En su mayor parte, mi matrimonio había sido insatisfactorio y hasta me atrevería a decir que aburrido. Envidiaba a Ruby, que todavía tenía toda la vida por delante, con opciones que yo no había tenido antes de la guerra. Las cosas estaban cambiando para las mujeres. El mundo exterior estaba cambiando; bueno, al menos para Ruby.

–Pero para nosotras todo sigue igual, ¿verdad, Lizzie? –Me arrodillé frente a mi leal compañera y apoyé la mejilla sobre un lado de su cabeza–. En Westleham, nunca cambia nada.

Aunque eso no era del todo cierto. En aquel momento, había alguien en el pueblo que salía por las noches a destrozar huertos. Me estremecí al imaginar que alguien hacía algo así con mi preciada cosecha. Yo no era como la mayoría de los vecinos, que cultivaba a modo de pasatiempo o para participar en un concurso. Ruby y yo dependíamos de esa comida.

–¡Está bien! –Me puse de pie y me serví una taza de té de lavanda–. Ya me he compadecido suficiente. Como diría mi madre: «No sirve de nada llorar por la leche derramada». Vamos a sentarnos en la sala.

Antes de acomodarme en mi sillón favorito, encendí la radio. Por lo general, los viernes por la noche emitían una obra de teatro seguida de un concierto. A veces me ponía a leer o a hacer punto, pero esa noche estaba demasiado malhumorada para dedicarme a algo que no fuera sentarme y beberme el té.

Albergaba la esperanza de levantarme al día siguiente sintiéndome otra vez yo misma. La feria del pueblo era el acontecimiento más señalado de nuestro calendario anual y, puesto que ahora era la vicepresidenta del comité, iba a estar muy ocupada.

Me animé al recordar que Ruby me había prometido prestarme uno de sus vestidos, y tomé la decisión de pensar menos en párrocos atractivos que estaban fuera de mi alcance y más en los aspectos positivos de mi vida.

2

—Decididamente, me veo rara —le dije a Ruby—. Como si no fuera yo misma.

—¿No se trata de eso? —contestó ella mientras me miraba con la cabeza ladeada—. ¿No crees que, por un día, te mereces parecer una estrella de cine? Al menos, eso es lo que he intentado.

Fruncí el ceño y volví a mirarme en el espejo del recibidor.

—Este pintalabios rosa es muy chillón.

Ruby se encogió de hombros.

—Está haciendo furor. Todas las chicas lo llevan.

Me abstuve de señalar que hacía muchos años que yo ya no era una chica. Volví la cabeza hacia un lado y me miré de nuevo. El color fucsia que me cubría los labios era mucho más atrevido que el que hubiera elegido yo, mientras que el peinado que me había hecho Ruby era mucho más elaborado que cualquiera que me hubiera podido hacer yo. Si a eso le sumabas el estiloso vestido y los zapatos de tacón que Ruby había insistido en prestarme, mi aspecto se había transformado por completo. Bien, a excepción de...

—Sigo teniendo la nariz demasiado respingona.

—Eso no lo puedo solucionar, boba.

—No —convine—. Supongo que nadie puede.

—¿Al menos te gusta cómo te he dejado el pelo?

Le di la espalda al espejo y miré a Ruby.

—Lo que has hecho es un completo milagro. Muchas gracias por todo.

Si hubiéramos sido otro tipo de hermanas, nos habríamos abrazado, pero nuestros padres no nos habían educado de esa manera. Con cada año que pasaba, lamentaba más esa falta de calidez

25

emocional que nos habían inculcado. Le dedicaba más muestras de cariño a Lizzie que a mi propia hermana.

¿Cómo era posible?

—Vi una foto de Rita Hayworth en una revista con el pelo igualito —comentó Ruby mientras me dedicaba una mirada crítica.

La noche anterior, mi inteligente hermana me había dado instrucciones sobre lo que tenía que hacer con mi pelo antes de irme a la cama. Yo había contorsionado obedientemente los brazos para asegurarme de enroscar todos los mechones de mi pelo alrededor de los rulos que Ruby me había dejado en el tocador, siguiendo sus instrucciones al pie de la letra. Tenía que reconocer que, tras ver el resultado final que había conseguido Ruby, los esfuerzos y el dolor temporal en mis hombros habían valido la pena.

Una hora atrás, mi hermana me había quitado los rulos, me había levantado el pelo desde la nuca y me lo había recogido en lo alto de la cabeza. Me había cardado ligeramente la parte de delante y había dejado que los rizos descansaran sobre aquella pequeña cresta. Luego me había echado hacia atrás el pelo de los lados para que quedara liso y lo había sujetado, creando un peinado de aspecto sencillo y elegante. También generaba la ilusión de que tenía una mata de pelo, en lugar de la melena lacia y escasa que solía ocultar bajo un pañuelo.

Con mi vestido prestado y mi nuevo peinado, no me parecía en nada a la Martha Miller de Casa Tulipán, esposa de Stan y jardinera entusiasta. Parecía que estaba a punto de salir hacia Londres para ir al teatro con un joven. Cerré los ojos y me imaginé a mi acompañante alargando la mano para ayudarme a bajar del autobús al llegar al West End. Cuando el rostro del nuevo vicario me devolvió la sonrisa, interrumpí mi ensueño. No me correspondía pensar en otros hombres, y menos todavía en uno con la profesión de Luke Walker.

—Creo que tendríamos que marcharnos.

Eché un vistazo al reloj de pie que había en una esquina del recibidor y que marcaba las nueve. Aunque la feria del pueblo no comenzaba hasta las once, en tanto que vicepresidenta del comité se esperaba de mí que llegara pronto para ayudar a la presidenta, Alice Warren, con los preparativos de última hora.

–Tú tendrías que marcharte. –Ruby me sonrió y me dio un leve empujón en dirección a la puerta–. Yo iré más tarde para darte apoyo moral.

–¿Y si me caigo de bruces?

–Si tienes que caerte, Martha, lo harás tanto si estoy a tu lado como si no. –Ruby abrió la puerta de entrada y se me quedó mirando hasta que crucé el umbral–. No te olvides de lo que te he dicho. Mantén la cabeza alta y los hombros erguidos, y todo irá bien.

–¿Tú te pones zapatos como estos cada fin de semana? –Fruncí el ceño y contemplé mi calzado con aire dubitativo–. Igual debería haber practicado. Lo mejor será que entre y me los cambie por otros más apropiados.

–Con estos se te ven las piernas muy largas y esbeltas, que es el objetivo. –Levantó las manos con las palmas boca abajo y agitó los dedos hacia arriba–. Y ahora vete. Eres peor que una niña el primer día de escuela.

Con el bolso agarrado contra el cuerpo con mano trémula, di un paso por el camino antes de que la puerta se cerrara con suavidad a mi espalda. Ya no había vuelta atrás.

El laburno que crecía a la derecha estaba en todo su esplendor, con sus flores amarillas colgando de las delgadas ramas. No era de extrañar que se lo conociera como «la lluvia de oro». Distinguí varias vainas en la hierba que había bajo el árbol y me planteé la posibilidad de apresurarme a entrar de nuevo y arrancarlas.

¿Le había contado a Ruby hacía poco que eran venenosas y que Lizzie no podía acercarse a ellas? No me acordaba.

Al volverme a mirar la casa, vi a Ruby en la sala de delante. Había abierto los visillos y señalaba la verja del final del camino. «Vete», articuló con la boca.

Siendo realista, si Lizzie tenía que salir, Ruby le abriría la puerta del jardín trasero, aunque lo más seguro era que no hiciera falta. Sonreí por dentro al recordar el paseo furtivo que había dado con Lizzie a primera hora de aquella mañana, con un pañuelo por encima de aquellos rulos que no me atrevía a tocar y uno de los sobretodos de Stan para ocultar el pijama que me daba miedo quitarme, por si hacía caer una de las horquillas que los sujetaban.

¡Menuda pinta debía de tener! Por suerte, mientas Lizzie y yo nos alejábamos del pueblo hacia los campos del granjero Bennington, no me había cruzado con nadie.

Al llegar a la verja del jardín, me apoyé un momento en ella para coger fuerzas para el corto trayecto hasta el parque del pueblo, donde se iba a celebrar la feria. Deseando tener un brazo al que sujetarme, me dispuse a avanzar con paso inseguro por la carretera.

Seguramente, mi vida habría sido mucho más sencilla si hubiera dejado de desear cosas que no tenía. Si Stan hubiera estado allí conmigo esa mañana, ¿me habría ofrecido el brazo para que se lo cogiese? Lo más probable era que no. No me habría prohibido de plano que llevara tacones altos, un pintalabios chillón y el elegante vestido prestado, pero sin duda me habría sugerido que me limpiara la cara y me pusiera algo más adecuado antes de salir de casa.

No por primera vez, me alegré de que, aquel día de hacía un año, mi marido no hubiera vuelto a casa, aunque justo en ese momento el fugaz aguijón de la culpa me borró la sonrisa. ¿Sería así para siempre? Cada vez que disfrutara con algo, ¿me asaltaría el remordimiento porque no sabía si Stan estaba vivo o muerto? No parecía muy justo que yo tuviera que sufrir porque mi marido se hubiera escapado con otra mujer.

Por supuesto, no tenía la certeza de que eso fuera lo que había ocurrido, pero me parecía la opción más probable, aunque no habría sido en absoluto propio de él. Stan era la clase de hombre que adoraba la rutina: lo hacía todo siempre de la misma manera, desde prepararse para salir de casa e ir al trabajo hasta lo que hacía cuando regresaba.

De vez en cuando, dejaba que mi mente se planteara otras posibilidades. En su momento, descarté enseguida la idea de que hubiera huido con los ingresos del banco de aquel día, así como cualquier otra actividad delictiva; si fuera un fugitivo, sin duda me habría enterado. Tampoco podía imaginarme que alguien le hubiera hecho daño. Era un hombre de lo más normal y corriente.

Hasta la Policía creía que tenía una relación con otra mujer y me había abandonado para estar con ella. Eso después de haberse asegurado de que Stan no se encontraba bajo mi campo de patatas.

Cerré la verja del jardín a mi espalda, con cuidado para que no se me engancharan las medias nuevas que Ruby me había dejado, y seguí su consejo.

Con la cabeza alta y los hombros erguidos, miré hacia la carretera que llevaba al centro de Westleham y eché a andar.

En cuanto dieron las once, y los vecinos salieron en tropel de sus casas y se reunieron en el parque. El sol brillaba sobre las mesas de caballete cubiertas con manteles tan blancos como las nubes que se desplazaban por el cielo azul.

—Parece que va a venir un montón de gente, señora Miller —me dijo Alice Warren mientras pasaba volando a mi lado con un portapapeles en una mano y un bolígrafo en la otra.

—Y todo gracias a su maravillosa planificación —le dije a su espalda mientras ella se alejaba.

Era la primera vez que se celebraba la feria anual del pueblo desde que había estallado la guerra en Europa. En cuanto se había anunciado la fecha, una oleada de excitación había recorrido el pueblo. Era la primera celebración desde el Día de la Victoria, y todo el mundo la esperaba con entusiasmo.

—Me sorprende que alguien se haya molestado en venir.

Ada Garrett se paró al llegar al interior de la pequeña carpa que habían levantado varios hombres del pueblo. Más tarde, sería allí donde se anunciarían los ganadores de cada categoría. Típico de Ada intentar aguar un día que ni siquiera la meteorología inglesa pretendía arruinar.

Saqué varios vasos de la caja que nos había enviado el *pub* del pueblo, el Cricketer's Arms, para que los usáramos ese día, y los apilé sobre la mesa. Eso me dio tiempo para pensar una respuesta educada que darle a aquella cotilla cascarrabias.

—Es la primera feria en años, señora Garrett. Lo normal sería que acudiera todo el pueblo.

—La mayor parte de los vecinos no tendrá nada que presentar al concurso.

Me miró de arriba abajo, desde los rizos que coronaban mi cabeza hasta la punta de los zapatos de Ruby, con los que no estaba cómoda porque habían empezado a apretarme los dedos.

—Lamento mucho todo lo que ha pasado —contesté en tono apaciguador.

Aquella mujer era enervante. Los daños que habían sufrido los huertos de los vecinos eran un espantoso acto de vandalismo, pero yo no tenía nada que ver con ello.

—Ah, ¿sí?

Ada apoyó la mano en una de sus rollizas caderas y me observó con una antipatía evidente. Alguien tenía que decirle a Ada Garrett que, cuando ladeaba la cabeza en ese preciso ángulo, los pelos que le crecían en la verruga del lado de la cara se le veían mucho más. Aunque no iba a ser yo quien lo hiciera.

Arqueé una ceja.

—¿Por qué no iba a lamentarlo?

Me miró otra vez de arriba abajo.

—Mírese, emperifollada como un espantajo. Salta a la vista que espera ganar uno de los premios del día.

—En absoluto, señora Garrett —repuse con amabilidad.

Estaba acostumbrada al tono ácido de Ada y a su franqueza al hablar. Era mucho más fácil mostrarse amigable con aquella mujer y mirar fijamente el pelo de su verruga que centrarse en su rostro enjuto y su mirada airada.

—Vamos, señora Miller. El suyo es uno de los pocos huertos que no ha sufrido daños. En el pueblo no se habla de otra cosa que de su cosecha.

Me alegró oírlo. Al menos ya no hablaban de Stan y de dónde lo había enterrado.

—Me halaga que la gente piense que los alimentos que cultivo en mi huerto son de buena calidad.

—Supongo que eso es porque tiene un buen fertilizante —me espetó Ada, claramente frustrada porque sus palabras no habían provocado en mí la reacción que buscaba—. Su pobre marido.

Metí la mano en el bolso que descansaba sobre un lado de la mesa, saqué un pañuelo y me di unos toquecitos en las comisuras de los ojos, con la esperanza de compungirla y que me dejara en paz.

—Sí. Hoy hace justo un año que el pobre Stan desapareció —dije.

—A mí no me engaña con sus lágrimas de cocodrilo. —Ada se inclinó hacia delante—. Sé muy bien lo que le hizo a ese pobre desdichado.

En algo tenía razón: era incapaz de llorar de corazón por mi marido desaparecido; sin embargo, la verdad era que no tenía ni idea de dónde estaba. ¿Acaso creía aquella vieja maliciosa que yo disfrutaba trabajando sin descanso en el huerto, solo para que Ruby y yo pudiéramos comer? Aunque no era raro que Ada dijera lo primero que se le pasaba por la cabeza, sus palabras dolían. No entendía qué veía en mí que la llevara a pensar que era capaz de matar a mi marido.

—Qué comentario más cruel —repuse.

Lo que más me habría gustado en aquel momento habría sido decirle que se fuera a casa e hiciera algo con los pelos que brotaban de su cara.

—Si se ha vestido así para llamar la atención del nuevo vicario, haría bien en recordar que es usted una mujer casada.

–Me he vestido así porque soy la vicepresidenta del comité del pueblo y es importante que tenga un aspecto profesional. –Ignoré lo herida que me sentía y hablé en el tono más pomposo posible–. Aunque, para ser sincera, no me importaría que el vicario se fijara en mí ahora que me he arreglado. Las miradas no hacen daño a nadie, ¿verdad?

–Si gana un premio, señora Miller, se armará un buen escándalo en el pueblo.

–En ese caso, me alegro de poder tranquilizarla –contesté con suavidad–. Estoy convencida de que este año no voy a ganar ni uno solo.

Eso le paró los pies, aunque se quedó con la boca abierta, como un pez colgado de un anzuelo. Al final recuperó la compostura y me señaló con su índice rollizo.

–La estaré vigilando.

«Y yo estaré vigilando lo rápido que le crece el pelo de la verruga».

Abrí la boca para pronunciar las palabras que me habían venido a la cabeza, pero alguien me libró de ponerme al nivel de Ada: el hombre que un rato antes había protagonizado mi cita de fantasía en el West End.

–Buenos días, señoras. –Luke agachó la cabeza al cruzar la entrada de la carpa–. Qué día más hermoso nos ha regalado el Señor, ¿verdad?

–Y que lo diga, vicario –murmuré.

–Me han dicho que tiene usted el mejor huerto del pueblo, señora Miller.

–Me alegra saberlo.

–Eso es porque nadie se lo ha saboteado. –Ada me fulminó con una mirada tan llena de odio que di un paso atrás.

No sabía qué había hecho para que me tuviera tanta antipatía.

–He tenido la increíble suerte de que el vándalo no haya atacado mi huerto. –Me obligué a dedicarle una sonrisa a la mujer de lengua viperina–. De otro modo, no sé cómo nos las apañaríamos Ruby y yo durante el invierno, sin los alimentos que saco de él.

El párroco me dedicó una mirada de admiración mientras el rostro de Ada adoptaba un tono rojo poco favorecedor.

–Pero ¿he escuchado bien lo que acaba de decir hace un momento? –comentó el vicario–. Parece que piensa que este año no va a ganar ningún premio. ¿Cómo es posible si el suyo es el mejor huerto?

Le dediqué una sonrisa radiante a Ada antes de centrar toda mi atención en Luke.

–He decidido no presentarme al concurso. No me parecía ético, dado que formo parte del comité.

No era mentira del todo, aunque no participar en el concurso tenía menos que ver con motivos morales y más con el hecho de que el premio no era monetario. No necesitaba una roseta de cinta. Necesitaba alimentar a mi pequeña familia.

–Muy noble por su parte –comentó Luke con admiración–. Y, si me lo permite, está usted encantadora con ese vestido.

–Qué amable es usted –me apresuré a contestar, notando que me costaba llenar los pulmones con suficiente aire para respirar y hablar al mismo tiempo.

Él se volvió hacia Ada.

–¡Qué sombrero más maravilloso! Y qué bien quedan esas plumas.

–Vaya, gracias, vicario. –Ada le tocó el brazo–. ¿Me permite que le enseñe dónde puede probar mi mermelada de uva crispa?

–Será un placer, señora Garrett.

Ada me dedicó una mirada triunfal mientras salía de la carpa con el vicario, pero se perdió el guiño que él me dedicó a mí.

¿Qué significado tenía? ¿Había oído las desagradables palabras de Ada y había acudido a la carpa a rescatarme, o significaba algo completamente distinto? No importaba porque Ada tenía razón: yo no era una mujer libre. Sin embargo, era agradable que un hombre me prestara atención. Stan no me había dedicado una mirada apreciativa jamás en su vida, ni siquiera el día que nos casamos.

Retomé mi tarea de colocar los vasos prestados sobre la mesa y tomé la determinación de no dejarme llevar por mi imaginación. Por mucho que disfrutara con los cumplidos del vicario, nunca podríamos ser nada más que amigos.

Seguramente mi corazón, que galopaba a un ritmo salvaje, tardaría un rato en calmarse lo suficiente como para escuchar el sensato mensaje que mi cerebro trataba de mandar a mí cuerpo sobrestimulado: él era el vicario del pueblo y yo, una mujer casada.

A media tarde, los jueces terminaron con su tarea. Habían examinado las flores, estudiado las verduras y probado las mermeladas. Como era habitual en las ferias de los pueblos pequeños, los jueces eran los peces gordos locales. En el caso de Westleham, ese honor recaía en el conde de Chesden, que vivía en una casa señorial pasados los campos del granjero Bennington, y el miembro local del Parlamento, Rupert Gosford. Si no se ponían de acuerdo, pedían la opinión de Lady Chesden. Alice me informó con aire de sabelotodo que, en los diez años en los que se había celebrado la feria, Lady Chesden jamás había estado en desacuerdo con la decisión de su marido.

–¿Empezamos? –preguntó Alice, emocionada.

Florence Noble, la hija del dueño del *pub*, se paseaba entre los asistentes con una bandeja, asegurándose de que todo el mundo tuviera un vaso de mi ginebra de ciruela antes de que Alice anunciara los ganadores.

Los niños jugaban fuera de la carpa y un perro ladró en alguna parte. Distinguí a Ruby al fondo de la multitud y vi cómo le daba un sorbo a su bebida y la levantaba en dirección a mí. La tradición dictaba que la presidenta bebiera primero; a continuación todo el mundo hacía lo propio tras brindar y, por último, aquella anunciaba los premios. Deseé que las convenciones me importaran tan poco como a mi hermana.

–Primero, un brindis. –Alice levantó su vaso–. Este año, el comité del pueblo de Westleham se complace en disfrutar de la deliciosa ginebra de ciruela que nos ha traído nuestra querida señora Miller. Estoy segura de que todos se sumarán a mi agradecimiento por su generosidad.

Asentí con la cabeza y sonreí mientras los murmullos de agradecimiento se propagaban entre los asistentes. Aunque era cierto que había donado varias botellas de ginebra al comité para que se consumieran durante la feria, solo lo había hecho porque esperaba que a los vecinos les gustara y que la compraran en el futuro. Joe Noble, el dueño del *pub*, había llegado a un acuerdo con la cervecera para vender mi ginebra en su local.

Había pasado mucho tiempo desde la última vez que había hecho algo únicamente por bondad. Por desgracia, desde la desaparición de Stan, la motivación de casi todos mis actos consistía en el beneficio que podía sacar de ellos.

Alice se acercó el vaso a la boca.

–Lord y Lady Chesden, y señor Gosford, nuestros apreciados invitados. ¡Por Westleham, por nuestra feria, nuestro comité y nuestros maravillosos vecinos!

Y, después de ver cómo empezaba a beber, todo el mundo hizo lo propio. Durante un largo instante, una atmósfera de celebración eufórica flotó en el ambiente.

Entonces, Alice dio varios pasos vacilantes y chocó con la mesa que tenía delante, haciendo que verduras y tarros cayeran al suelo. Alguien dejó escapar un grito y a continuación se escuchó un estruendo de cristal al romperse cuando Florence dejó caer la bandeja con los vasos de ginebra de ciruela. Con los ojos abiertos de par en par, observó horrorizada a Alice.

Impulsada por la angustia de la mirada de Florence, me eché hacia delante para sujetar a Alice. Ella se llevó las manos al cuello, como si quisiera arrancarse de la garganta el líquido que acaba de ingerir. Como pesaba demasiado para que las dos nos sostuviéramos en pie, caímos juntas al suelo, mientras Alice trataba desesperadamente de tomar aire.

Alguien llamó al doctor Briggs. Una voz masculina gritó en tono frenético el nombre de Alice. Las mujeres chillaron. No tardó en reinar el caos.

¿Acaso le estaba dando un ataque? Yo no tenía ningún tipo de formación médica. No sabía qué hacer. Jamás me había sentido tan inepta e incompetente. Mientas sostenía la cabeza de Alice sobre mi regazo, le aparté el pelo de la frente con dedos trémulos, de la misma manera que había visto hacer a las madres con sus hijos.

Mientras el doctor Briggs se abría paso a través de la multitud y se agachaba a mi lado, el cuerpo de Alice se quedó inmóvil. Habían pasado menos de dos minutos desde su apasionado brindis, pero, por lo visto, bastaba con eso.

Alice Warren estaba muerta.

3

—Vamos, señora Miller; deje que la ayude a levantarse del suelo.
—Luke alargó la mano hacia mí y luego se inclinó y me miró más
de cerca—. ¿Se encuentra bien?

Afirmé con la cabeza y alargué los dedos hacia los suyos. Los
míos temblaban como hojas bajo el viento otoñal.

—Sí, estoy bien.

Mi voz sonó aguda y tensa, en un tono que no se parecía en nada
al mío. Él tiró de mí hasta que quedé en pie. Miré hacia la hierba,
donde Alice yacía junto a nuestros pies. El doctor Briggs se en-
corvó sobre ella y le hizo el boca a boca. Aun sin tener formación
médica, supe que era inútil. Nadie podía sobrevivir cuando su
rostro había adoptado aquel cadavérico tono morado.

—Mi ginebra de ciruela —susurré al tiempo que me volvía hacia
Luke.

El color de la cara de Alice me recordaba que lo último que
había ingerido había salido de las botellas de licor que yo había
elaborado. Me dio un vuelco el estómago al pensar que era
posible que mi ginebra de ciruela tuviera algo que ver con la
muerte de Alice.

—Yo me he bebido el vaso entero —dijo él—. Y me encuentro bien.

Había algo en su actitud que resultaba reconfortante. Suponía
que era una aptitud que enseñaban a los vicarios en el seminario.
Todos tenían aquel talante, como si nada de lo que la vida les
pusiera delante pudiera alterarlos.

—¡Amor mío! —Charles, el marido de Alice, se precipitó sobre
el cuerpo tendido de su mujer—. Por favor, mi vida, despiértate.

—¿Seguro que se encuentra bien? —Luke me miró primero a mí
y luego a Charles.

–Desde luego –Asentí con la cabeza vigorosamente–. Por favor, ocúpese de Charlie.

Noté un dolor en el cuello tras mi entusiasta asentimiento, como si no tuviera fuerza suficiente para sostener mi cabeza. Lo único que quería era irme a casa, tumbarme en la cama y taparme hasta la coronilla con una manta bien calentita.

–Dios mío, Martha. ¿Qué ha pasado? –Ruby apareció a mi lado y me pasó el brazo por el hombro.

Me sentí tan agradecida por su presencia y su apoyo que me eché a llorar de inmediato.

–Ha sido terrible, Ruby; espantoso.

–¿Está muerta? –susurró ella, al tiempo que me llevaba hacia un lado de la carpa para alejarme del cuerpo de Alice.

–Vaya si lo está –contesté, buscando mi bolso con la mirada–. Necesito un pañuelo.

Ruby sacó uno de su bolso y me lo tendió.

–Toma. Pobrecita.

–Te lo voy a estropear.

–Tú te ocupas de toda la colada, Martha, así que por favor.

Me enjugué las lágrimas de la cara y luego me soné. Ruby me dio un apretón en el hombro.

–No puedo creer que la señora Warren acabe de desplomarse y morirse delante del pueblo entero –dije.

–Y después de beberse tu ginebra de ciruelas, no lo olvidemos.

–¡Ruby! –la reprendí–. ¿Cómo se te ocurre decir algo así?

–No me refería a que tu ginebra tuviera algo que ver.

Me sacudí de encima su brazo, que se suponía que debía reconfortarme.

–Entonces, ¿a qué ha venido eso?

–Me refería a que...

–Sé muy bien a qué te referías.

Dejé escapar un suspiro. No era culpa de Ruby haber señalado lo evidente. No me cabía duda de que todo el pueblo llegaría a la misma conclusión, si es que no lo había hecho ya.

—Ada ya ha sido bastante cruel conmigo sin necesidad de todo esto.

—Ada es una vieja bruja de lo más horrible. —Ruby miró por encima de su hombro, como si quisiera asegurarse de que la anciana no nos podía oír—. Seguramente, esto sea culpa suya. Apuesto a que le ha lanzado un maleficio a la señora Warren.

—La verdad es que no creo en la brujería.

Le dediqué una rápida sonrisa a Ruby para dejarle claro que no le tenía en cuenta sus palabras, y apreté el pañuelo sucio en el puño. Ojalá no me hubiera desembarazado con tanta rapidez de su abrazo. Era agradable sentir que no estaba totalmente sola.

—Gracias, Ruby.

Ella frunció el ceño, con la confusión reflejada en forma de arrugas a lo ancho de su frente.

—¿Por qué?

Le cogí una mano.

—Por estar aquí conmigo.

—Tengo que interrogarla de inmediato, señora Millar. —Cyril Bottomley, el agente de la Policía local, nos miró alternativamente a Ruby y a mí. Su expresión reflejaba que nos consideraba responsables del destino de Alice—. Y usted, señorita Andrews, no se mueva de aquí. También voy a tener que hablar con usted.

—Volveré en cuanto haya encontrado una silla para mi hermana —replicó Ruby—. No hace falta ser muy listo para darse cuenta de que está en estado de *shock*. Las piernas le tiemblan más que la papada de la señora Garrett.

Disimulé una sonrisa ante la grosera observación de Ruby y, no por primera vez, deseé tener su facilidad para expresar lo que pensaba. A lo mejor se debía a que Ruby trabajaba en una fábrica con un montón de mujeres jóvenes, y eso le daba seguridad en sí misma para decir lo que pensaba en lugar de medir sus palabras, como hacía yo.

Ruby regresó con una silla y yo me dejé caer en ella, agradecida. Cyril le lanzó una mirada asesina, no podría decir si porque esperaba que le trajera otra silla a él o porque aguardaba a que se marchara. El caso es que Ruby se colocó a mi lado y lo fulminó a su vez con la mirada.

No recordaba un momento en el que me hubiera sentido más orgullosa de mi hermana pequeña.

—Señora Miller, ¿puede contarme lo que ha pasado?

Carraspeé y me obligué a mantener la compostura, antes de hablar con la mayor claridad posible a pesar de tener los nervios de punta.

—Alice estaba a punto de anunciar los ganadores del concurso. Ha hecho un brindis, ha dado un sorbo a la ginebra de ciruela y se ha desplomado.

—Una ginebra de ciruela que, por lo que tengo entendido, ha elaborado usted.

Tuve la sensación de que mi corazón se saltaba un latido, dejándome ligeramente sin aliento. Cyril no había tardado en llegar a la misma conclusión que yo. Lo último que había bebido Alice antes de desplomarse era mi ginebra. Estaba segura de que no contenía nada dañino, y nadie más parecía haber sufrido efectos adversos, pero eso no impedía que un abrumador sentimiento de culpa amenazara con asfixiarme.

—Así es.

Cyril señaló a Alice con un movimiento brusco de la cabeza.

—Parece un caso de envenenamiento.

—No creo —contesté, aunque era la conclusión más obvia—. A lo mejor tenía un problema de salud que ha provocado su colapso.

—Nadie más se encuentra mal —añadió Ruby—. Y yo me he bebido hasta la última gota de mi vaso, porque la ginebra de ciruela de Martha es deliciosa.

—Gracias, señorita Andrews. —Cyril arqueó una ceja en su dirección, sin rastro de gratitud en su semblante rubicundo—. ¿Todo el mundo se ha sumado al brindis?

—Que yo haya visto, sí —contestó mi hermana.

–En ese caso, alguien ha intentado matar a la señora Warren de manera deliberada –anunció Cyril.

–Nadie ha intentado nada. –Me estremecí al recordar la cara de Alice–. Lo ha conseguido. Alice está muerta.

–Por supuesto.

Cyril se balanceó, apoyado en los talones. Su gran rostro en forma de luna llena estaba rojo y sudado, y se lo veía totalmente fuera de su elemento.

–¿Algo más? –intervino Ruby en tono cortante–. Porque, si no, me gustaría llevarme a mi hermana a casa y prepararle una taza de té caliente con azúcar. Se ha llevado una impresión tremenda.

Cyril se apresuró a sacarse una libreta del bolsillo de su uniforme, que le quedaba demasiado ceñido. Pasó la lengua por la punta del lápiz antes de escribir laboriosamente varias palabras en una hoja.

–¿Ha traído las botellas de ginebra usted misma esta mañana?

Esperé que en mi rostro no se reflejara mi sorpresa. Lo cierto era que se trataba de una pregunta inteligente.

–No. Las envié al *pub* hace unos días.

Él escribió alguna cosa más antes de cerrar con brusquedad la libreta.

–Será mejor que hable con Joe.

Joe Noble era el dueño del *pub* del pueblo, el Cricketer's Arms, y el padre de Florence, que ese día había trabajado de camarera en la carpa.

–¿No cree que sería mejor llamar para pedir refuerzos? –sugirió Ruby.

–¿A qué se refiere? –Cyril elevó la voz y una gota de sudor le rodó por la cara.

–Si han asesinado a la señora Warren –dijo Ruby en voz baja–, sin duda va a necesitar ayuda. En el pueblo hay demasiados vecinos para que los interrogue a todos usted solo.

–Y, además, usted va muy a menudo al Cricketer's Arms –añadí yo, echando un vistazo a la ceñida cintura de su uniforme.

–¿Qué quiere decir con eso?

Cyril se sacó del bolsillo un pañuelo que era más gris que blanco y se lo pasó por la cara.

–Solo que, por lo que tengo entendido, las investigaciones deben ser imparciales. –Repetí la frase que había pronunciado el año anterior uno de los policías encargados de indagar en la desaparición de Stan. Por lo visto, aquel era el motivo por el que habían mandado a inspectores de Scotland Yard a hablar conmigo–. Como usted vive en el pueblo, y va a beber al *pub* a menudo...

–Tal vez debería retirarme de la investigación. –Cyril se quedó pensativo–. Llamaré a Slough para pedir consejo.

Mientas se alejaba, dejé escapar un suspiro de alivio.

–Creía que iba a detenerme.

Ruby meneó la cabeza, indignada.

–No ha avanzado ni un ápice tratando de identificar al vándalo que está destrozando los huertos de los vecinos; yo no confiaría en su capacidad para encontrar a un asesino.

–A Cyril le viene de perlas la vida de policía local –convine–. Siempre que los delitos sean relativamente insignificantes. Un asesinato le viene grande.

Aunque me alegraba que mis pensamientos y los de Ruby coincidieran, eso no me proporcionaba mucho consuelo. Vivíamos en un pequeño pueblo de Berkshire, no en el centro de Londres. El vandalismo gratuito y el asesinato eran crímenes que nunca habría pensado que asolarían la plácida localidad inglesa en la que vivíamos. Siempre me había sentido a salvo en Westleham y, ahora, unas circunstancias de lo más crueles me habían arrebatado esa seguridad. ¿Cómo íbamos a dormir tranquilas sabiendo que había, no solo un vándalo suelto en el pueblo, sino también un asesino?

¿Quién diantres podía querer asesinar a Alice Warren? Y ¿por qué?

Me volví al escuchar el aullido de angustia que dejó escapar Charles Warren. Como un río crecido que desborda sus riveras, estaba claro que sus emociones eran demasiado intensas como para guardárselas dentro.

–¡No, no, no!

Al contemplar su crudo desconsuelo, las lágrimas me cayeron por las mejillas. Nunca antes había visto a un hombre que mostrara sus sentimientos en público de aquel modo. Hasta ese momento, Charles me había recordado bastante a Stan, aunque mi marido era mucho más bajo. Sin embargo, ambos se creían importantes y compartían el mismo autocontrol. Ninguno sonreía muy a menudo ni daba muestras de aflicción. Salvo en aquel momento, por supuesto. Charles Warren sonaba como si estuviera roto por dentro.

–Pobre hombre –murmuró Ruby–. ¿Quién iba a decir que quería tanto a Alice?

Traté de visualizar a Stan mostrando un dolor como aquel si hubiera sido yo quien yaciera muerta sobre la hierba, pero solo pude imaginármelo molesto ante la perspectiva de tener que cocinar sus propias comidas y lavar su propia ropa. Aunque tal vez fuera un poco injusta, porque mi principal inquietud cuando Stan desapareció había sido cómo me las iba a arreglar para pagar las facturas. Fue después cuando me preocupé por su bienestar. De vez en cuando, miraba la cama individual que había junto a la mía en el cuarto que compartíamos y sentía cierta melancolía, pero nada parecido a la vehemente aflicción que manifestaba Charles en aquel momento. ¿Qué decía eso de mí como persona, como esposa?

–Me recuerda un poco al reverendo Gibbs –comenté, recordando el momento en que el anterior vicario se había desplomado sobre el suelo de la iglesia en pleno sermón–. Ha sido tan dramático e inesperado...

–Creía que él había muerto de un ataque al corazón –señaló Ruby, con una expresión de desconcierto reflejada en el rostro–. No se parece en nada a esto, ¿no?

—A lo mejor Alice también ha tenido un ataque al corazón. —Me encogí de hombros—. Es posible.

Ruby no me contradijo, pero me di cuenta de que pensaba que era poco probable que la muerte de Alice obedeciera a causas naturales.

—Tú quédate aquí; yo iré a buscarte una taza de té.

No sabía muy bien adónde creía Ruby que iba a marcharme. No confiaba en que mis piernas fueran capaces de soportar mi peso para llevarme a casa y, por alguna razón, me parecía de mala educación salir de la carpa y dejar a Alice allí tendida.

Alguien trajo una sábana blanca y cubrió su cuerpo inerte. Yo aparté la mirada, pero no sirvió de nada. Aún recordaba cómo su rostro se había retorcido en una mueca grotesca mientras trataba de respirar. El doctor Briggs ayudó a Charles a ponerse en pie. Con un llanto desconsolado, este dejó que el médico lo acompañara fuera de la carpa.

—El doctor cree que necesita un tranquilizante —dijo Luke. Ni siquiera lo había oído acercarse—. Por la conmoción.

—Ruby me va a traer una taza de té para ayudarme con la mía —comenté, y de inmediato deseé no haber abierto la boca.

Charles Warren acababa de perder a su mujer. Mi conmoción no se podía comparar ni remotamente.

—Muy buena idea. —Luke tamborileó con los dedos sobre el respaldo de mi silla—. Está usted muy pálida, señora Miller.

El único motivo por el que mi tez no solía estar tan desvaída o blanca como el resto de mi cuerpo era el calor que había hecho últimamente y el hecho de que me pasaba la mayor parte del tiempo fuera, en el huerto. No quería ni imaginarme el efecto que habían tenido los ataques de llanto en mi cara y en el maquillaje que Ruby había aplicado con tanto esmero. Seguro que estaba espantosa.

No es que fuera importante. Luke era el vicario y yo, una de sus feligresas.

A lo mejor, si hubiera pensado en él únicamente como «el vicario» y no con su nombre de pila, habría recordado que estaba tan fuera de mi alcance como las mujeres para los curas católicos.

—¿El médico va a llevar al señor Warren a casa?

—Sí. La mujer del doctor Gibbs se quedará a su lado mientras él vuelve para esperar a la Policía. —Por primera vez en el poco tiempo que hacía que nos conocíamos, el párroco parecía no saber qué hacer—. Me ha pedido que me quede aquí.

—¿En la carpa?

—Con el cuerpo —aclaró—. Ha dicho que la Policía preferirá que permanezca *in situ*.

—Entiendo. —En realidad, no entendía nada. La única experiencia que tenía con la Policía se limitaba a mi interacción con ella tras la desaparición de Stan. Suponía que tratarían la muerte de Alice con la misma seriedad que un asesinato—. Supongo que el médico quiere asegurarse de que no toco nada.

Él frunció el ceño.

—¿Por qué dice eso?

—Ha sido mi ginebra de ciruela —le repetí las palabras que había dicho un rato antes—. Usted todavía no conoce este pueblo, aunque seguro que lleva aquí el tiempo suficiente para haber escuchado los rumores de que enterré a mi marido bajo mis patatas, ¿verdad?

Él sonrió, hasta que se dio cuenta de que yo hablaba en serio.

—No lo había escuchado.

—Me sorprende.

—No lo hizo, ¿no?

Le miré con seriedad. Una de las comisuras de su boca se curvó en una media sonrisa, para dejarme claro que lo decía en broma. Dadas las circunstancias, aquel momento de puerilidad compartida no parecía lo más apropiado, pero era agradable disfrutar de una breve sensación de normalidad.

—No, no lo hice. Se lo prometo.

—La creo.

—¿Así, sin más?

—Sí. Tiene usted un rostro que transmite sinceridad, señora Miller.

No me importaba que sus motivos fueran superficiales. Sentaba de maravilla que alguien que no fuera Ruby creyera en mí. En especial, alguien que estaba demostrando ser tan amable como guapo.

—Supongo que no creerá que puede decidir si una persona es honesta o no solo mirándola a la cara, ¿verdad?

—Se me da muy bien reconocer a los mentirosos. —Aunque sus palabras eran jactanciosas, dichas por él no lo parecían.

Ruby me entregó una taza de té a juego con un platillo de un verde espantoso. Era, sin lugar a dudas, la loza más fea que había visto en mi vida.

—Ay, Ruby, eres un sol. Gracias.

—¿Le apetece una taza de té, vicario? —preguntó mi hermana.

Luke se metió la mano en el bolsillo, sacó varias monedas y se las tendió.

—Me haría un gran favor si me trae una taza de té, señorita Andrews. Me temo que el médico ha insistido en que me quede dentro de la carpa. De no ser así, le pediría que se quedara con su hermana mientras yo voy a buscar mi propia tisana.

Ruby se quedó mirando el dinero que él había dejado en la palma de su mano.

—¿Cuántas tazas quiere? Con lo que me ha dado, puedo comprar té para medio pueblo.

Luke se inclinó hacia delante como si estuviera a punto de compartir un gran secreto.

—La comida que me prepara mi ama de llaves deja mucho que desear. Si no es mucha molestia, ¿podría traerme unos sándwiches? Y tal vez también unas galletas.

—La señora Jennings hace una tarta reina Victoria para chuparse los dedos. Usa su propia mermelada de fresa casera para el relleno. ¿Quiere que le traiga un trozo si todavía queda?

—Si me trae dos, sería magnífico.

Ruby dejó escapar una risita.

—Vicario, ¿es usted goloso?

—Me temo que sí —confesó él—. ¿Tiene suficiente para todo?

—Estoy segura de que me quedará cambio.

Ruby se alejó apresuradamente en dirección a los puestos dispuestos en la hierba, fuera de la carpa, y Luke se volvió de nuevo hacia mí.

–Espero que comparta conmigo parte de la comida cuando su hermana vuelva.

–Creo que soy incapaz de dar bocado. –Me puse la mano sobre la barriga–. Solo de pensar en comida, se me revuelve el estómago. Pobre señora Warren.

–Bébase el té –me indicó–. Si recupera el color de la cara, le prometo que no la agobiaré más con la comida. Pero, si no, insistiré en que coma algo.

Asentí como una niña obediente. Era muy agradable tener alguien que se preocupara por mi bienestar, aunque solo lo hiciera porque era su trabajo. Un vicario tenía el deber de velar por sus feligreses, incluso por aquellos a los que seguramente estaban a punto de arrestar, en cuanto la Policía de verdad llegara desde Slough.

–¡Ahí está! –Sobresaltada por la repentina dureza de la voz femenina, derramé el té sobre el platillo. Me quedé mirando un instante el líquido excesivamente reposado antes de levantar la cabeza y ver a Elsie Harrington, que avanzaba hacia mí con su cómodo calzado–. Espero que no se crea que, por el hecho de que la señora Warren haya muerto, se va a convertir usted en la nueva presidenta del comité del pueblo.

Me abstuve de señalar que las normas del comité de Westleham estipulaban precisamente el escenario que la señora Harrington trataba de prevenir. Era típico de Elsie implicarse en el suceso más sobrecogedor que había tenido lugar en Westleham desde que el anterior párroco había caído fulminado mientras daba su sermón, así que no me tomé sus palabras como algo personal. Tras echar un vistazo intencionado al cuerpo cubierto de la anterior presidenta, la miré con calma mientras ella me observaba con severidad.

—Si le soy sincera, señora Harrington, me incomoda bastante discutir ese asunto en este momento.

—No le servirá de nada fingir que es mejor persona de lo que en realidad es —siseó ella.

Luke se apartó de mi lado y posó una mano sobre el brazo de la señora Harrington.

—Creo que será mejor que dejemos que las cosas se calmen y recuperemos el control de nuestras emociones.

—Muchas gracias, vicario, pero yo no he perdido en absoluto el control de mis emociones —espetó Elsie—. Esta mujer es una amenaza para el pueblo.

Me había equivocado. Aquello era un ataque personal en toda regla. No alcanzaba a imaginar qué podía haber hecho para desatar su veneno de aquella forma.

—Me parece que no es el mejor momento...

—Es el momento perfecto para decir lo que opino —replicó ella, y me señaló. Su dedo quedó a milímetros de la punta de mi nariz—. Que le quede muy claro que en este pueblo no vamos a tolerar sus maquinaciones.

—¿Maquinaciones? —repitió Luke, perplejo.

—Usted no lleva tiempo suficiente aquí para conocer el alcance de sus engaños.

Elsie no miró a Luke mientras hablaba, sino que siguió fulminándome con su mirada como si yo fuera una versión moderna de Mary Ann Cotton. Lágrimas de humillación amenazaron con anegar mis ojos mientras bajaba la vista hacia el suelo.

—Que yo sepa, a la señora Miller no se la ha acusado de ningún delito —contestó Luke en tono sosegado.

Tuve que hacer acopio de todo mi autocontrol para no apartar la mirada de los feos zapatos de Elsie y dedicarle una sonrisa de gratitud a Luke.

—Me apena ver que se ha dejado usted arrastrar a su red, vicario.

–Elsie meneó la cabeza como si acabara de recibir una noticia especialmente devastadora–. Espero que no lo pague con su vida, igual que el último hombre al que engatusó.

Me dieron ganas de reír. Todo aquello era rocambolesco. Elsie no quería escuchar la verdad, pero me habría encantado decirle que yo no había hecho nada para cazar a Stan. Nos habíamos conocido en la boda de un primo lejano. Él estaba soltero, yo estaba soltera. La guerra acababa de estallar en Europa y la incertidumbre que reinaba nos había impulsado a aferrarnos con desesperación a un atisbo de normalidad.

Sin duda, yo no había cautivado a Stan con mi increíble atractivo, mi deslumbrante personalidad o mis amplias caderas, ideales para tener hijos. A aquellas alturas, ya no me dolía reconocer que era una mujer del montón, tremendamente anodina para la mayoría de la gente, y que mi figura se parecía más a la de un muchacho que a la de una mujer equipada para dar sin esfuerzo a su marido tantos hijos como le pidiera.

Elsie Harrington, en cambio, respondía a lo que la mayor parte de la gente esperaría de la esposa perfecta del dueño de un establecimiento comercial. Tenía un rostro agradable..., cuando no soltaba veneno con su lengua viperina, por supuesto. Lo cual, si me paraba a pensar en ello, era extraño. A Elsie también se le daba extremadamente bien organizar y participar en buenas obras. Era voluntaria en todos los comités en un radio de ochenta kilómetros alrededor de Westleham. Para rematarlo, tenía una familia perfecta, con dos hijos y dos hijas. En resumen, era exactamente todo lo que yo no era.

Ruby regresó a la carpa con paso apresurado y cargada con una bandeja.

–Aquí tiene, vicario.

–Es usted un ángel. Muchísimas gracias, señorita Andrew.

Elsie me miró a mí, luego a Luke y, por último, a Ruby, que estaba detrás de él.

–Conque esas tenemos, ¿eh?

Luke, que había alargado la mano para coger un sándwich, la dejó caer de nuevo en su costado.

—Lo lamento mucho, señora Harrington, pero me he perdido.

—Confraternizar con estas... pelandruscas ha sido una decisión espantosa por su parte. Acuérdese bien de lo que le digo: el obispo se va a enterar de lo que se cuece aquí.

—¿Qué está pasando? —Ernest Harrington hizo acto de presencia y pasó el brazo por encima de los hombros de su mujer—. Te veo muy alterada, querida.

—Ah, no lo entenderías. Eres igual o peor que él.

—Querida —lo intentó él de nuevo—. ¿A qué se debe tu disgusto?

—Esa mujer —Elsie me señaló otra vez— ha envenenado a Alice. Y ahora ha hincado sus garras en el vicario. Él será el siguiente en morir. Igual que su marido y la pobre Alice.

Abrí la boca para refutar las malignas acusaciones de Elsie. Lo último que necesitaba era que las pocas personas que no creían que hubiera matado a mi marido pensaran que lo que decía Elsie era cierto. Bastante difícil era que te respetaran en un pueblo chapado a la antigua siendo una mujer «soltera» como para que además la gente pensara que habías hecho alguna cosa para merecer aquel estatus.

No me atrevía a mirar al vicario para ver cómo había reaccionado a la diatriba de Elsie. A lo largo de la última hora, había acabado por pensar que podía convertirse en mi amigo, y sabía Dios que, en el pueblo, tenía muy pocos. No soportaba la idea de que Elsie y sus demenciales alegaciones pudieran poner fin a aquella amistad antes incluso de que hubiera podido florecer.

—Les pido perdón —dijo Ernest en tono apaciguador—. Últimamente, mi mujer no se encuentra muy bien. Si nos disculpan, por favor.

Elsie se me quedó mirando un buen rato.

—Ernest, ¡tienes que hacer algo!

—Ven conmigo, querida —contestó él en un tono que, por lo general, los adultos reservaban para los niños pequeños.

Elsie se echó a llorar sonoramente mientras su marido se la llevaba de la carpa. Ruby dejó la bandeja en la hierba, junto a mi silla, y cogió el plato lleno de sándwiches.

–Dese prisa, vicario. Será mejor que coma algo ahora, antes de que se presente el próximo lunático del pueblo y le quite el apetito.

–Ruby –la regañé–. No digas esas cosas.

–¿Por qué? –repuso–. Es la verdad. Salta a la vista que esa mujer ha perdido el juicio. No dice más que tonterías.

Lo cierto era que no podía negárselo; sin embargo, el comportamiento de Elsie no era propio de ella. Por lo general, era una mujer muy sensata. Algo muy raro estaba ocurriendo en el pueblo de Westleham y, por alguna razón, yo estaba atrapada justo en medio.

4

—Ah, señora Miller, aquí está.

Margaret Leaming caminó resueltamente hacia mí y yo me preparé para recibir más insultos. Luke dedicó una mirada apenada a su sándwich de pasta de pescado. Por lo que parecía, si se quedaba a mi lado y me protegía de los vecinos que deseaban calumniar mi carácter, no iba a poder saciar su hambre.

—Señora Leaming. —Mi saludo me sonó forzado incluso a mí.

Ella cruzó los brazos por encima de su traje de *tweed*, que, con aquel espléndido tiempo veraniego, debía darle mucho calor. Su postura resaltaba su abultado busto y, al mismo tiempo, le confería el aspecto de una estricta institutriz victoriana.

—Pobrecita. Ha debido ser espantoso para usted.

Sorprendida, alcé la vista y me encontré con los ojos azules de Margaret, que destilaban preocupación.

—Esperaba que me dijera que todo esto es culpa mía.

—Por el amor de Dios, ¿por qué iba a decirle algo así?

—Todo el mundo lo ha hecho —contesté en tono sombrío.

Mi afirmación era un poco exagerada. La única que me había acusado abiertamente era Elsie, pero yo no era tonta. No se me pasaba por alto que, cada vez que alguien aparecía en la entrada de la carpa y miraba en mi dirección, pensaba exactamente lo mismo que ella. Se reflejaba en su mirada acusadora, y su expresión no dejaba lugar a duras.

—¿Todo el mundo? —Margaret arqueó una ceja—. No será para tanto.

—¿Un sándwich, señora Leaming? —Ruby levantó el plato y se lo ofreció a la secretaria del comité—. ¿O prefiere un trozo de tarta?

—Me encantan las tartas —confirmó Margaret—. ¿Es la reina Victoria de la señora Jennings? Ojalá fuera capaz de hacer bizcochos tan esponjosos como los suyos.

—Usted misma.

Ruby cogió el plato de la bandeja y le pasó una servilleta a la señora Leaming, que dio un mordisco a la tarta y dejó escapar un sonido de puro placer.

—Madre mía, es de primera categoría.

No pude evitar sentir admiración por Margaret. Con la boca tan llena de pastel como ella, yo habría sido incapaz de pronunciar palabra, y mucho menos una frase con sentido. Además, había hecho el esfuerzo de buscarme y mostrarse amable conmigo, algo que yo apreciaba mucho. Habíamos hablado muchas veces en las reuniones del comité y cuando nos encontrábamos por la calle, pero nunca habíamos sido grandes amigas. El hecho de que se hubiera afanado por encontrarme avivó mi esperanza de que no todo el mundo compartiera la mala opinión que tenían de mí Ada y Elsie.

—Entonces, ¿usted no cree que mi hermana haya envenenado a la señora Warren? —quiso saber Ruby.

—He visto a su hermana beber la ginebra de ciruela —dijo Margaret antes de meterse el último pedazo de tarta en la boca. Tras darse unos toquecitos en los labios con la servilleta, con gran finura y en directa contradicción con su forma de engullir el pastel, se tragó el último trozo—. ¿Por qué iba la señora Miller a envenenar la ginebra para luego bebérsela?

—Eso es justo lo que he dicho yo —observó Luke.

—Gracias a Dios que conserva usted el sentido común con el que nació, vicario. —Margaret meneó la cabeza—. Parece que algunos de los vecinos de este pueblo se dejaron el suyo en la cuna cuando crecieron.

—Eso si lo tenían, para empezar —comentó Ruby con ironía.

—En efecto. —Margaret le dedicó una mirada de admiración—. Es usted una jovencita muy sensata. Hasta hoy, creía que era una cabeza hueca que solo pensaba en pintarse los labios.

—Me alegro mucho de que haya cambiado de opinión sobre mí.
—Ruby se rio—. Supongo que la cuestión es: ¿qué vamos a hacer con la opinión generalizada sobre mi hermana?

Tres pares de ojos se volvieron hacia mí. Yo le di un sorbo a mi té tibio para ganar tiempo antes de responder.

—No sé qué podría hacer yo para cambiar la opinión de nadie sobre lo ocurrido.

—¡Tiene que hacer alguna cosa! —exclamó Margaret con vehemencia—. No le servirá de nada volver a su casa y seguir comportándose como siempre, como un ratoncito silencioso. Tiene que defenderse, señora Miller.

—¿Acaso no te lo digo siempre? —terció Ruby—. No deberías dejar que te pisoteen, Martha. Eres demasiado buena.

—Aparte de publicar un anuncio en el periódico local para insistir en que Stan no está enterrado bajo mis patatas, no sé qué otra cosa podría hacer. Por aquí, la gente cree lo que quiere creer.

Tras la desaparición de Stan, casi todos los vecinos desconfiaban de mí. Ahora que mi ginebra estaba vinculada con la muerte de Alice, la situación no hará más que empeorar.

—A lo mejor, podría organizar un evento en su casa cuando llegue el momento de recolectar las patatas —propuso Margaret.

—¿Un evento? No la sigo.

—Que todo el mundo acuda con una pala para desenterrarlas. Si encuentran un cadáver, pueden quedarse con las patatas y denunciarla a la Policía. Si no, tienen que entregarle todas las patatas que hayan recogido.

Después del horror de ver morir a Alice frente a mí, la idea de Margaret me pareció lo más divertido que había escuchado en mucho tiempo. Los cuatro nos echamos a reír hasta que me dolieron los costados.

—Ay, señora Leaming —jadeó Ruby entre risas—. Es un plan magnífico.

Un hombre tremendamente atractivo vestido con traje entró en la carpa seguido de Cyril Bottomley, que me señaló.

–Esa es la señora Miller.

Me costó recomponer el semblante y adoptar una expresión apesadumbrada. O al menos una que no reflejara que me lo estaba pasando divinamente con mis amigos mientras una mujer yacía muerta a menos de tres metros de nosotros.

–Buenos días, señora Miller.

El hombre se quitó el sombrero negro y dejó al descubierto una mata de pelo rubio que se rizaba sobre el cuello de la camisa. Me dedicó una mirada perspicaz con sus ojos verdes y a mí se me paró el corazón. Un segundo antes de que abriera la boca para hablar de nuevo, supe con exactitud quién era.

–Soy el inspector Robertson. Estoy aquí para investigar las sospechosas circunstancias de la muerte de la señora Alice Warren.

Quién iba a ser si no.

–¿Podemos hablar en un sitio con más privacidad? –sugirió Luke.

El inspector se lo quedó mirando, prestando especial atención al alzacuello blanco que no dejaba lugar a dudas sobre su profesión.

–¿Es usted el señor Miller?

Luke se puso a toser, incómodo.

–No. Me llamo Luke Walker y soy el vicario.

–Ya veo. –El inspector me miró a mí, luego a Luke y por último a Ruby–. ¿Y usted es...?

–Ruby Andrews. La hermana de Martha. Vivo con ella.

–Muy bien. Hablaré con su hermana y con usted en su casa. –Se volvió hacia Cyril, que estaba plantado a su lado cambiando el peso de pie mientras evitaba calculadamente mirar hacia Alice–. Usted quédese aquí con el vicario hasta que vuelva el médico. Cuando eso suceda, vicario, me imagino que se irá usted a casa, ¿verdad?

–Así es. –Luke me miró–. Estaré en la vicaría.

–Gracias –le dije–. Ha sido usted muy amable.

–Gajes del oficio –contestó él, y se sonrojó–. Salvo por el asesinato, desde luego. Eso no forma parte del oficio de nadie.

–Excepto del mío –señaló el inspector con sequedad.

A juzgar por su expresión, era evidente que pensaba que éramos todos unos inútiles catetos de pueblo. Y, por desgracia, así era como nos estábamos comportando.

–Mañana me pasaré a verla –dijo Margaret mientras yo me ponía en pie–. Y discutiremos sobre los asuntos pendientes del comité.

Aunque hacía solo un instante que me había hecho reír, lo cual había sido una liberación de lo más necesaria tras el impacto de ver morir a Alice, deseé que no hubiera venido a buscarme. Ahora el inspector creería que estábamos ahí sentados comiendo tarta y hablando de temas relacionados con el comité mientras Alice yacía muerta a nuestro lado.

¿Era posible parecer más culpable de lo que ya debía parecerle?

Ruby y yo echamos a andar juntas por la carretera, seguidas por el inspector. Cuando abrí la puerta de casa, Lizzie acudió de inmediato a darnos la bienvenida. Hinqué una rodilla en el suelo para abrazarla.

–Hola, guapísima. ¿Me has echado de menos?

–Lizzie es la mejor amiga de Martha –dijo Ruby a modo de explicación.

–Lleva al inspector a la sala, Ruby –le pedí.

Tras quitarme los zapatos prestados e introducir los pies en las zapatillas, intenté con todas mis fuerzas no suspirar de alivio por haberme desprendido de aquellos artilugios de tortura podal.

–Voy a preparar un té.

–Te ayudo –se ofreció Ruby con entusiasmo.

Era una tarea para la que no hacían falta dos personas, y Ruby no solía ofrecerse para ayudar en la cocina, pero no se me ocurría una manera de rechazarla sin que nuestro comportamiento resultara todavía más extraño al inspector. Señalé la puerta de la izquierda del estrecho pasillo.

–Ahí está la sala. Por favor, póngase cómodo.

Lizzie nos siguió trotando hasta la cocina. Agité la tetera para asegurarme de que había suficiente agua y luego la puse sobre el fogón.

—¿Por qué le has dicho que Lizzie es mi mejor amiga?

Ruby se encogió de hombros y se dejó caer sobre una de las sillas de la cocina.

—Porque lo es. Y le haces tantas carantoñas que algo tenía que decir para justificar tu comportamiento.

—¿Qué tiene de malo mi comportamiento?

Fruncí el ceño mientras cogía la bandeja grande y la dejaba sobre la mesa.

—Primero estábamos todos riendo en la carpa y luego vienes a casa y te arrodillas en el suelo para saludar a tu perra. El inspector no te ha visto llorando antes, ni sabe lo impactada que te has quedado por lo que le ha pasado a la pobre señora Warren. No quería que pensara que eres fría y despiadada, y que solo eres capaz de mostrar afecto hacia un animal.

Parpadeé varias veces, sin dar crédito a que alguien pudiera pensar que mi manera de saludar a Lizzie tenía algo de anormal. Poco a poco, entendí que Ruby había dado en el clavo con sus palabras.

—Gracias.

¿Era así como me veía la gente? ¿Era por eso por lo que les costaba tan poco llegar a la conclusión de que tenía algo que ver con la desaparición de Stan? A lo mejor, si los vecinos del pueblo me percibían como una mujer sin emociones cuya única amiga de verdad era una perra, les resultaba más sencillo creer cosas malas sobre mí. Quería preguntarle a Ruby si ella me veía así, pero me daba demasiado miedo la respuesta.

Mi hermana sacó una botella de leche de la nevera y vertió un poco en la jarra más pequeña que yo había colocado en el centro de la bandeja.

—Sabes que haría cualquier cosa por ti, ¿verdad, Martha?

Abrí los labios en una expresión de sorpresa. Nuestros sentimientos eran algo de lo que nunca antes habíamos hablado. Pese a mis deseos de responderle con la misma emoción, las palabras se me quedaron atascadas en la garganta.

—Ojalá tuviera una deliciosa tarta que ofrecerle al inspector.

—No a todo el mundo se le da bien hornear pasteles —dijo Ruby—. Igual que no a todo el mundo se le da igual de bien que a ti cultivar verduras.

—A lo mejor debería poner unas zanahorias en una fuente, en lugar de tarta.

Ruby se rio a carcajadas.

—¡Ay, Martha!

—Chitón —la advertí mientras intentaba reprimir la risa—. Nos va a oír.

Ruby inspiró hondo.

—Mejor así.

Se volvió hacia mí y, en cuanto nuestras miradas se cruzaron, las dos nos echamos a reír de nuevo.

—O bien piensa que estamos como una chota, o bien que nos importa un pimiento lo que le acaba de pasar a Alice.

—Creo que son los nervios —dijo Ruby mientras se sosegaba—. Lamento mucho lo de la señora Warren, faltaría más, pero sobre todo me alegro de que no hayas sido tú la que se ha desplomado muerta.

Quería contestarle alguna cosa, pero no se me ocurría nada que pudiera reflejar lo agradecida que estaba por que las dos estuviéramos sanas y salvas. Ella rodeó la mesa, me cogió de la mano y me dio un apretón. Luego ambas desviamos la mirada con una expresión avergonzada.

—¿Crees que el agua estará ya a punto de hervir?

Al cabo de unos minutos, entramos en la salita. Aunque Stan y yo no teníamos muchas cosas bonitas, yo estaba muy orgullosa de la mejor estancia de nuestra casita.

—Ya estamos aquí —dije sin venir a cuento, mientras dejaba la bandeja sobre la mesita de centro, delante del sofá a rayas verdes donde estaba sentado el inspector.

Ruby se sentó justo enfrente y me dejó libre el sillón que quedaba junto a la ventana, en el que solía acomodarme por las noches.

–¿Le sirvo?

–Gracias, señora Miller.

–¿Lo toma con leche?

–Con leche y dos cucharaditas de azúcar, por favor.

La cortesía de nuestro tono resultaba agobiante. Le serví el té con rapidez y le pasé la taza con un platillo, antes de apresurarme a preparar el de Ruby y el mío. Recé en silencio para no soltar algo sin pensar, ni decir algo que llevara al inspector a pensar que estaba implicada en la muerte de Alice. Lo último que necesitaba era meterme en un lío aún mayor que aquel en el que me encontraba.

–Empecemos por el principio –dijo él, mientras me estudiaba con sus ojos verdes. Su atenta inspección me dejó casi sin aliento–. Cuénteme todo lo que ha hecho hoy.

–Primero hemos desayunado –empecé–. Después, Ruby me ha peinado y me ha maquillado.

–¿Han ido juntas al pueblo?

–Ah, no –contesté–. Yo he ido mucho antes que ella. Tenía que estar allí pronto. Para ayudar a la señora Warren..., quiero decir, a Alice..., la difunta..., a organizarlo todo. –Puse fin a mis balbuceos.

¿Por qué no me había limitado a decir su nombre, sin más? Todos sabíamos que estaba muerta. Había sonado fría, insensible y demasiado prosaica. Exactamente como Ruby me había dicho que me había comportado a la llegada del inspector. Reconocer que había pasado un montón de tiempo con Alice justo antes de su muerte no ayudaba en nada a probar mi inocencia.

–Entiendo –dijo él mientras removía el té–. ¿Ha notado algo fuera de lo normal en la señora Warren esta mañana?

–Para nada –contesté de inmediato–. Estaba tan metódica como siempre.

–¿No se la veía preocupada, asustada...?

–No –dije, deseando poder mentir para incriminar a otra persona–. Todo parecía de lo más normal.

–Cuénteme qué ha pasado a continuación. Lo han organizado todo y después ¿qué?

–Durante la celebración, cada una tenía distintas obligaciones. No he vuelto a ver a la señora Warren hasta poco antes de que se anunciaran los premios.

–¿En la carpa?

–Exacto.

–Y ¿cuáles eran sus responsabilidades durante la tarde?

–Tenía que asegurarme de que la gente de los puestos tuviera todo lo que necesitaba. Monedas para dar el cambio, un bolígrafo para anotar los precios, esa clase de cosas.

–¿Y la señora Warren?

–Ella ha acompañado a los jueces por la carpa para que pudieran observar los productos que participaban en el concurso y decidir cuáles merecían un premio.

El inspector sacó una libreta.

–¿Quiénes eran los jueces?

–Lord y Lady Chesden, que viven en la casa solariega. El otro es el parlamentario Rupert Gosford.

–Tendré que hablar con ellos. –Tomó varias notas y luego dejó el bolígrafo junto al platillo, sobre la mesa–. ¿Cómo puedo llegar a la casa solariega?

–Cuando salga de aquí, gire a la izquierda y siga por la carretera unos tres kilómetros, pasados los campos del granjero Bennington. No tiene pérdida.

–¿Y usted no ha vuelto a entrar en la carpa?

–No tenía motivo para hacerlo.

No era exactamente lo que me había preguntado. Me quedé callada y traté de recordar si había acudido por algún motivo. Si decía que no y resultaba que alguien me había visto, parecería culpable.

–¿Es posible que haya ido? –insistió él.

–No me acuerdo –me apresuré a responder, convencida de que si no contestaba de inmediato daría la sensación de estar ganando tiempo para inventarme cosas que no eran ciertas.

Él se me quedó mirando y a continuación agachó la cabeza para escribir algo en su libreta. Aunque yo no había hecho nada malo, no podía evitar sentirme culpable. Noté un incómodo calor que empezó en mi pecho y enseguida se propagó hacia arriba hasta cubrir mi rostro de rubor.

No era solo que creyera que mi ginebra tenía algo que ver con la muerte de Alice. También me afectaba la manera en que me habían tratado Ada y Elsie. Cada acusación que me lanzaban aumentaba mi sensación de tener algún tipo de responsabilidad en todo aquello.

–Lo lamento –dijo él–, pero debo preguntarle por el momento en que la señora Warren ha fallecido.

Su expresión daba a entender que lo lamentaba de verdad, como si deseara no tener que plantearme la pregunta. Por lo general, los ingleses intercalamos el verbo «lamentar» en las frases sin un sentimiento real que lo acompañe. Nos disculpamos por todo, tanto si alguien choca con nosotros como si el tiempo no nos acompaña. Sin embargo, en esta ocasión, el inspector parecía realmente reticente.

–Desde luego. –Alargué la mano para coger mi taza y mi platillo de la mesa, pero me temblaban tanto las manos que acabé por juntarlas sobre el regazo–. Ha dado un sorbo a su vaso y poco después se ha desplomado sobre el suelo agarrándose la garganta.

–¿Cuánto tiempo ha pasado?

–A ver. –Me lo pensé un momento–. En realidad ha sido al instante. Florence Noble, la hija del dueño del *pub*, estaba repartiendo las bebidas. Al ver su expresión horrorizada, me he vuelto hacia la señora Warren.

–Cuando ha mirado a la señora Warren, ¿ya estaba en el suelo?

–No. Así que no ha podido ser tan inmediato, ¿no? Pero todo ha sucedido con mucha rapidez. La he rodeado con los brazos para intentar ayudar, pero lo único que he conseguido ha sido derribarla. –Las palabras salieron de mi boca a tal velocidad que me quedé sin aliento.

Me estremecí al recordar lo sucedido. Había sobrevivido durante años a la incertidumbre de la guerra y, sin embargo, hasta aquel día no había visto morir a nadie. Además, Alice era una conocida, alguien cercano, lo cual hacía que toda la experiencia resultara mucho más difícil.

–¿Y dice que se estaba agarrando la garganta?

–Sí –confirmé, al tiempo que cerraba los ojos, aunque eso no sirvió para ahuyentar las horrendas imágenes que me pasaban por la cabeza–. Como si no pudiera respirar. Su rostro ha adoptado un tono espantoso.

–Como una lata de carne de cerdo en conserva Spam –añadió Ruby–. Moteada, toda rosa y lila. Mi hermana se ha quedado tremendamente impresionada.

–¿Y luego?

–Al cabo de un minuto o dos ha llegado el médico, pero, para entonces, la señora Warren ya estaba muerta.

–¿Se le ocurre alguien que pudiera tener motivos para hacer daño a la señora Warren?

Ni siquiera se me había pasado por la cabeza. Estaba tan obsesionada con el hecho de que mi ginebra era lo último que había bebido Alice que no me había parado a pensar en por qué alguien podría haber deseado su muerte.

–Alice y su marido eran una pareja discreta, pero creo que le caían bien a todo el mundo en el pueblo. No se me ocurre ni una sola persona que pudiera querer hacerle daño, y mucho menos matarla.

–¿Dónde puedo encontrar a Florence Noble?

–Vive con su padre en el *pub* del pueblo, el Cricketer's Arms. No creerá que tiene algo que ver con todo esto, ¿no? Es solo una niña.

–Es posible que haya visto algo que pueda resultarme útil en mi investigación. –Cerró de golpe su libreta, se acabó el té y se puso en pie–. Muchas gracias, señoras. Si se me ocurren más preguntas, volveré a visitarlas.

Más tarde, Ruby y yo cenamos en medio de una atmósfera apagada y luego nos sentamos en la sala, con la radio sonando bajito de fondo.

—Seguro que no quieres hablar de ello —empezó Ruby—, pero tenemos que hacerlo.

Yo suspiré.

—No sé qué más puedo decir sobre el asunto.

—¿Irás mañana a la iglesia?

—Por supuesto —contesté—. ¿Por qué no iba a hacerlo?

Ruby se estudió las uñas.

—¿Te parece una buena idea? Estoy convencida de que la señora Harrington habrá hablado con cualquiera que haya querido escucharla, y eso por no hablar de la señora Garrett.

—No voy a dejar que dos abusonas me impidan ir a rezar.

La determinación de no dejarme amedrentar confirió a mi voz un tono más duro de lo normal.

—Igual deberías.

—¡Ruby Andrews! —Mi hermana se negó a levantar la cabeza y mirarme a los ojos—. Eso me convertiría en una cobarde.

—Puede que también te mantuviera a salvo. —El labio inferior le tembló de una manera tan sutil que me pregunté si me lo había imaginado. A continuación levantó la vista hacia mí, y no me quedó duda alguna respecto a su estado de ánimo—. Si te pasara algo, no podría soportarlo, Martha.

Revolví los pies sobre la alfombra. Ruby estaba a punto de llorar. Creo que no la había visto llorar desde que uno de nuestros hermanos sostuvo su muñeca sobre el escusado del patio y amenazó con tirarla dentro.

—Estoy segura de que todo irá bien, Ruby. No te preocupes, por favor.

—¿Cómo puedes decir eso? —Su rostro se ruborizó y su voz se elevó una octava—. Alice está muerta. ¿Y si tú eres la siguiente?

Quería decirle a Ruby que no fuera tan melodramática, pero no se me ocurría una manera de que no sonara cruel.

–Si, como sospechamos, alguien utilizó mi ginebra para matar a Alice, mi vida está a salvo.

Ruby me miró con expresión dubitativa.

–¿Cómo has llegado a esa conclusión?

–Si quieren echarme la culpa del asesinato, no sería demasiado útil para el verdadero asesino que la principal sospechosa muriera.

Ella asintió lentamente.

–Ya veo. Sí, ya te entiendo. ¿No crees que haya podido ser un accidente?

–No se me ocurre cómo alguien podría echar veneno por accidente en una botella de ginebra casera. –Me encogí de hombros–. Estoy segura de que la gente va con cuidado con las sustancias mortales.

Alguien llamó suavemente con los nudillos y Lizzie levantó la cabeza de donde la tenía apoyada, junto a mis pies. Ruby y yo nos giramos hacia la puerta de entrada y luego intercambiamos una mirada.

–Será mejor que vaya a abrir.

–Sí, será mejor.

Ruby inspiró hondo, estremeciéndose, y parpadeó para disipar las lágrimas que habían asomado a sus ojos. Yo me impulsé para ponerme de pie y me dirigí a la puerta con paso cansado. Con la cadena puesta, la entreabrí y eché un vistazo afuera.

–¿Señora Miller? ¿Puedo pasar un momento?

Cerré la puerta y quité la cadena con dedos trémulos. Me tomé un momento para recuperar la compostura antes de abrir de nuevo.

–Por supuesto, vicario.

Luke me siguió a la salita y Ruby se levantó.

–Pondré el agua a hervir.

–¿Se encuentra bien su hermana? –preguntó él mientras Ruby se escabullía en la cocina–. Parece disgustada.

–Ha sido un día difícil. –Señalé con un gesto de la mano el sofá en el que aquella tarde se había sentado el inspector–. Por favor, tome asiento.

Aunque era un detalle que el vicario hubiera venido, era una lástima que su visita coincidiera con la conversación íntima entre Ruby y yo. ¿Me habría levantado del sillón para reconfortar a mi hermana si él no hubiera aparecido? ¿O habría permanecido sentada y callada, regañándome a mí misma por no moverme, abochornada por su despliegue de emociones? Prefería pensar que habría optado por la primera opción, pero, de ser así, ¿por qué estaba ahí sonriendo con incomodidad al vicario en lugar de ir a la cocina a ver cómo estaba Ruby?

–El inspector Robertson me ha venido a ver antes de irse del pueblo –dijo Luke.

–¿Cree que tiene alguna pista?

El vicario parecía incómodo.

–No me ha dado la sensación de que hubiera averiguado nada nuevo.

–Lo que significa que sigo siendo la única sospechosa, si damos por hecho que la muerte de Alice no ha sido un accidente.

–Me temo que el inspector cree que eso es muy poco probable.

Asentí porque eso era justamente lo que yo le había dicho a Ruby. Sin embargo, escuchar que el inspector opinaba lo mismo hizo que me flaquearan las piernas. Tenía la sensación de estar atrapada en una de esas pesadillas recurrentes, con la diferencia de que no se me daba tregua y no podía despertarme.

–¡Aquí estoy! –exclamó Ruby en voz muy alta mientras entraba en la sala–. Vamos a tomar el té.

El remedio por excelencia para cualquier dolencia –una taza de té fuerte y cargado de azúcar– era lo último que me apetecía ingerir. Mi estómago, agarrotado por los nervios, ya estaba inundado de litros de ese líquido que no paraban de agitarse.

–Excelente. –Le dediqué una sonrisa a mi hermana–. Gracias, Ruby.

–¿Te sirvo? –preguntó en tono animado.

–Te lo agradecería mucho.

Por la manera en que hablábamos, parecíamos personajes de una de esas obras de teatro radiofónicas que a veces escuchaba por la noche: con una cortesía rígida, pronunciando las frases con poca emoción y ninguna conexión personal.

—Me temo que traigo malas noticias. —El vicario frunció el ceño mientras Ruby le tendía su té—. Quería venir a decírselo de inmediato.

—Desde luego —murmuré—. Aunque ¿qué noticia podría haber peor que lo que ya ha sucedido hoy?

—Será mejor que no me ande con rodeos y se lo diga —observó en tono grave—. La señora Harrington está insistiendo para que el inspector reabra el caso de la desaparición de su marido. Dice que el señor Harrington conoce a gente influyente y va a presionar a la Policía hasta que le hagan caso.

—Qué ridiculez —dijo Ruby con vehemencia—. ¿Por qué no te pueden dejar en paz? ¿Quién se cargaría a su marido para quedarse en la indigencia?

Abrí la boca para protestar por la elección de palabras de Ruby, pero volví a cerrarla. Tenía razón. La desaparición de Stan me había dejado sin un centavo.

—Todos los vecinos del pueblo conocen mi situación económica. Ese hombre debería poner fin a las elucubraciones maliciosas de su mujer.

—No sabía que se encontrara en unas circunstancias tan difíciles. ¿Hay algo que pueda hacer la iglesia para proporcionarle ayuda?

—Gracias, vicario, pero no. —Le dediqué una sonrisa a Ruby—. Ahora que mi hermana vive conmigo, nos las apañamos bastante bien.

Ruby dedicó una mirada intencionada a la bata desvaída y las viejas zapatillas que me había puesto tras la visita del inspector. No había nada en mi aspecto, ni en el de la casa, que indicara que las cosas nos iban bien.

—Pero ¿hay algo que pueda hacer yo, personalmente, para ayudarla? —preguntó él con seriedad, como si se preocupara de corazón y no solo porque formara parte de su trabajo.

Me había pasado la tarde rumiando una idea y las últimas noticias me convencieron de que debía poner en marcha mi plan.

–Pues sí, vicario, la verdad es que sí que hay algo que puede hacer.

–Lo que sea; será un placer.

–Tal vez cuando escuche lo que le voy a decir, no piense lo mismo. –Dejé escapar una risa nerviosa al imaginarme su reacción–. Necesito que me ayude a averiguar quién ha matado a la señora Warren.

Luke le dio un sorbo al té sin apartar su mirada de la mía. Después de tragárselo, asintió con la cabeza.

–Será un placer.

–¿Sí? –pregunté con incredulidad, asombrada de que hubiera accedido con tanta rapidez.

Mientras que yo tenía un motivo personal para desear que se descubriera el asesino de Alice, el nuevo vicario no.

–No tengo ni idea de cómo se lleva a cabo una investigación, pero será un placer ayudarla a limpiar su nombre. ¿Cree que si descubrimos al asesino de la señora Warren lo conseguirá?

–Diría que sí. Quien haya matado a Alice sin duda me ha tendido una trampa para cargarme el muerto.

El vicario se inclinó hacia delante.

–Si descubrimos otros sospechosos, quizá nos ayude a identificar al asesino. Creo que ese debería ser el primer paso de nuestra investigación.

–¿Cree que mi hermana es inocente? –Ruby arqueó una ceja con escepticismo.

–Prácticamente todos los que estaban en la carpa han bebido la ginebra casera de su hermana, y la señora Warren es la única que ha muerto. Es evidente que alguien la ha escogido de manera deliberada. No se me ocurre ningún motivo por el que su hermana pudiera querer matar a la señora Warren.

–¿Aparte de convertirse en la presidenta del comité del pueblo?

–¿Tanto prestigio tiene ese cargo como para asesinar a alguien?

—Para mí no. —Me encogí de hombros–. Aunque quizá para otra persona sí.

—Pero ese no puede ser el móvil –dijo él–. ¿No se da cuenta? Usted es la única que tiene ese móvil, y es poco sólido. Tenemos que descubrir el motivo real, y entonces tendremos al asesino.

—Eso parece engañosamente sencillo –observé.

—Mañana intentaré hablar con Charles Warren. En principio para darle el pésame, por supuesto, pero tal vez pueda averiguar si sabe por qué razón su mujer podría haberse convertido en la víctima.

—Supongo que damos por hecho que se trata de un asesinato, ¿no? –preguntó Ruby con timidez.

—Por lo que he visto, ha sido un veneno de efecto rápido. Uno que no se administra por error ni para enfermar a alguien. El responsable tenía intención de matar a la señora Warren.

—Creo que prefiero que no investigues –dijo Ruby con voz chillona–. Igual te pones en peligro.

—Si no puedo demostrar mi inocencia, la gente siempre sospechará de mí. Igual que ha pasado con la desaparición de Stan. Tengo que hacer todo lo posible para evitarlo.

—Cuente con mi apoyo –dijo Luke con decisión–. No se preocupe, señorita Andrews; yo me encargaré de que no le pase nada a su hermana.

Una cálida sensación que no tenía absolutamente nada que ver con el té que había bebido se extendió por mi vientre. Aquel hombre..., no, aquel hombre tan atractivo creía en mí. No solo eso: le había asegurado a mi hermana que me cuidaría.

Las dudas que había albergado sobre mi plan se disiparon, y me emocioné ante la perspectiva de trabajar con el vicario para demostrar mi inocencia.

5

Al salir de la iglesia al día siguiente, me dirigí al Cricketer's Arms para hablar con el dueño, Joe Noble, y su hija Florence. Estaba convencida de que el inspector Robertson los había entrevistado el día anterior, pero quería cerciorarme por mí misma de que a mi ginebra de ciruela no le había pasado nada antes de que envenenaran a Alice.

La misión de Luke era ir a ver a Ada Garrett para averiguar qué sabía. Como buena chismosa, esperaba que fuese la mejor fuente de información del pueblo. Dado el aberrante odio que me tenía, no había muchas posibilidades de que me contara algo a mí, de modo que el vicario me había prometido que haría uso de todos sus encantos para sonsacarle cualquier información que tuviera.

Me daba un poco de pena imaginármela sucumbiendo al considerable carisma del párroco. En el transcurso de una conversación corriente, yo estaba más que encantada de contestar cualquier cosa que él me preguntase. Si hacía un esfuerzo adicional, tal como se proponía con Ada, no quería ni pensar en lo que yo sería capaz de contarle. Tenía unos ojos preciosos, y su sonrisa me transformaba en una idiota balbuceante.

Mientras caminaba calle abajo, con mis habituales zapatos planos y cómodos y mi ropa gastada, deseé tener un armario lleno de vestidos entre los que escoger. No hacía falta que fueran tan bonitos como el que Ruby me había prestado el día anterior. Después de haberme arreglado para la ocasión, me había dado cuenta de la cantidad de cosas que me estaba perdiendo mientras me dedicaba a cuidar del huerto ataviada con ropa de hombre. Recordaba con vaguedad la época, antes de la guerra y de conocer a Stan, en la que no le había dado suficiente valor a la ropa y los zapatos femeninos que me ponía, así como a mi trabajo corriente como mecanógrafa.

Enfundada en un vestido, tenía opciones y oportunidades. Con mi ropa habitual, mi vida era una sucesión rutinaria de trabajos monótonos, sin esperanza de indulto.

Al llegar a la entrada del *pub*, empujé la puerta y entré. Joe apareció desde detrás de la barra y se me quedó mirando, sorprendido.

—Señora Miller, ¿qué hace aquí?

—Tenía que hablar con usted —le dije en tono apremiante—. Sobre mi ginebra de ciruelas.

—¡Baje la voz! Será mejor que venga conmigo. —Hizo un gesto con la mano en dirección a un extremo de la barra, donde levantó una compuerta—. ¡Vigila la barra, Mavis!

Lo seguí a sus dependencias privadas, con un hervidero de preguntas en mente. Había un montón de cosas que esperaba que pudiera aclararme.

—¿Quién es Mavis?

—La camarera. Una chica nueva, de Edgecumbe. Muy popular entre los hombres del pueblo. —Joe me guiñó un ojo—. Ya sabe a qué me refiero.

De sus palabras deduje que Mavis era una joven atractiva que llevaba o bien camisas demasiado ceñidas o bien faldas demasiado cortas.

—¿Estaba aquí en el *pub* cuando traje mi ginebra de ciruelas, hace unos días?

—Trabaja solo los fines de semana —contestó Joe—. O sea que no, no estaba aquí. Cuando vino a trabajar ayer, Florence ya se había llevado las botellas al parque del pueblo.

—Pobre Florence. ¿Se encuentra bien?

—Le tuve que dar una copita de *brandy* cuando volvió. No paraba de temblar. La parienta no sabía qué hacer con ella.

Joe era un hombre enorme, de casi metro ochenta y cinco y manos como palas. En comparación, su mujer, Winnie, era un ratoncito. Aunque yo no frecuentaba el *pub*, la vecina que vivía más cerca de mi casa, Maud, me había deleitado con historias de cómo idolatraba Joe a su mujer, y cómo, si ella le sugería que hiciera algo, él se levantaba para hacerlo antes de que a ella le diera tiempo a cerrar la boca. Ojalá yo supiera su secreto. Habría sido agradable tener un marido que me adorara en lugar de uno que solo parecía apercibirse de mi presencia si hacía algo con lo que no estaba de acuerdo.

—Quería hacerles unas preguntas a usted y a Florence, siempre que ella se vea con ánimos.

—Claro —dijo él—. Iré a buscarla.

Se dirigió a la puerta de la salita, que era pequeña pero estaba limpia y ordenada, y llamó a Florence a gritos. Tras tomar asiento de nuevo, me dedicó una mirada expectante. Yo intenté mantener la calma mientras repasaba mentalmente los puntos que quería abordar. En ese momento, deseé tener la ayuda de una pequeña libreta como las que usaban el inspector Robertson y Cyril Bottomley

Carraspeé.

—Joe, ¿las botellas de ginebra que traje aquí el viernes quedaron desatendidas hasta que Florence las llevó ayer al parque?

—No.

Había esperado una respuesta más elaborada, no un simple monosílabo. Me pasé la lengua por los labios y lo intenté de nuevo.

—¿O sea que nadie pudo echar algo dentro?

—Ni por asomo.

—¿Cómo puede estar tan seguro?

—Las metí de inmediato en la bodega para mantenerlas frías. No quería dejarlas en el pasillo, donde cualquiera que pasara podía echar un trago.

—¿Es habitual que la gente se pasee por la parte de atrás del *pub* y le dé tragos al alcohol? —pregunté con escepticismo.

—No les doy esa opción —contestó él—. Cierro la bodega con llave.

Vale que yo no sabía nada acerca de la gestión de un bar, pero cerrar con llave una bodega parecía algo extraño cuando el dueño del *pub* tenía que bajar a menudo a cambiar los barriles y reponer bebidas.

—¿Es una práctica habitual?

—En mi *pub*, sí.

—¿Papá? —Florence apareció en el umbral. Al verme, se le ensombreció el semblante, y a continuación adoptó una expresión soliviantada—. ¡Yo no sé nada!

—¡Florence! —Joe señaló la silla que quedaba junto a él—. Siéntate.

Ella entró en la estancia de mala gana, como si se hallara ante un verdugo y no una de sus vecinas.

—Gracias por hablar conmigo, Florence —le dije.

—Ya he hablado con el inspector ese. Ya le he dicho que no sé nada, y a él le dije lo mismo.

Aunque yo no tenía hijos, había vivido el tiempo suficiente con mis hermanos pequeños para saber cuándo un adolescente mentía descaradamente. Se enfadaban, como si quien les hacía las preguntas nunca tuviera razón. Además, Florence estaba protestando demasiado, señal inequívoca de que escondía algo.

Miré a Joe y le dediqué una sonrisa que esperaba que resultara tranquilizadora.

—¿Le puedo pedir un vaso de agua, por favor?

—Por supuesto, señora Miller.

Clavó la mirada en Florence mientras se ponía en pie. Era la mirada asesina ancestral que los padres dedican a sus hijos, y que transmitía un claro mensaje: «No digas ni hagas nada que me deje en evidencia delante de un invitado».

En cuanto estuve segura de que Joe no podía oírnos, me incliné un poco hacia delante sin levantarme y, en voz baja, compartí las habladurías que me habían llegado a través de la señora Burnett.

—Me he enterado de que Frank, el hijo pequeño del granjero Bennington, y tú tenéis una relación especial.

—¿Qué? ¡No!

El rostro de Florence adoptó un tono rojizo más intenso que el del sofá lleno de bultos en el que estaba sentada. Por primera vez, agradecí haber prestado atención a uno de los chismes que a mi vecina, Maud, le encantaba difundir.

—Rápido, antes de que vuelva tu padre. ¿Es posible que ayer, cuando fuiste a ver a Frank John Bennington, dejaras las botellas en algún lado?

—¿Cómo lo ha sabido?

—No lo sabía —contesté—. No del todo. Hasta que no te he visto justo ahora, no me acordaba de haber visto al joven Frank cerca de la carpa. Y, seamos sinceras, la feria de Westleham no es pre-cisamente un evento para gente joven, ¿verdad?

—Es un rollo —convino Florence.

—Cuéntamelo todo —le rogué—. Es tremendamente importante. La gente cree que yo envenené a la señora Warren.

—No se lo diga a mi padre. —Florence lanzó una mirada de preo-cupación en dirección a la puerta—. Pero sí, tiene razón. Frank y yo quedamos para vernos. Dejé las botellas de ginebra y limonada, junto con los vasos, dentro de la carpa. Pero fueron solo un par de minutos, se lo prometo.

—¿Mientras Frank y tú hablabais un poco?

—Sí —se apresuró a darme la razón—. Hablamos un poco, eso es todo. No fueron más de cinco minutos.

¿Cuánto tardaban los adolescentes en darse un beso rápido y un achuchón a escondidas de los adultos? No lo sabía. Stan y yo había-mos ido cuatro veces al cine y dos a bailar antes de que él se atreviera siquiera a darme un beso en la mejilla después de acompañarme a casa.

—Creo que es posible que fueran más de cinco minutos. —Con el ceño fruncido, hice cuanto pude para adoptar una actitud severa—. Creo que deberías contarme toda la verdad, señorita.

Florence miró desesperada a su espalda. Daba la impresión de estar a punto de llorar.

—Puede que fueran más bien unos veinte minutos. Y puede que Frank y yo bebiéramos un poco de ginebra.

—¿Cogisteis una botella para vosotros? —pregunté en un tono más benévolo.

–Sí. –Bajó la vista hacia sus uñas mordidas–. Ay, por favor, señora Miller. No se lo cuente a mis padres. Se enfadarían un montón.

–No estoy enfadada por la botella de ginebra –dije con cautela–. Pero no me quedo tranquila sabiendo que pasaste tanto tiempo a solas con Frank. No me gustaría guardarte el secreto para luego descubrir que te has metido tú solita en un lío.

–No hicimos... –balbuceó, dándose cuenta enseguida de lo que yo insinuaba–. Quiero decir que no, no soy esa clase de chica. Fue solo un beso. Mi madre me mataría si se enterara de que he avergonzado así a la familia. Y Frank le tiene terror a mi padre.

No era de extrañar. Frank era un muchacho bajo y fornido y, siendo hijo de granjero, seguramente estaba fuerte, pero no tenía nada que hacer ante una mole de hombre como Joe Noble. En cambio, a Florence no le daba miedo lo que pensara su padre, sino su madre. Por lo que parecía, el rumor que me había contado Maud era cierto... una vez más.

–Me alegro mucho. –Me recliné en el sofá–. Y ahora ya no hace falta que hablemos más de ello.

Joe regresó a la estancia y dejó con cuidado un vaso de agua sobre un posavasos en la mesita, a mi lado.

–¿Va todo bien?

–Sí, papá.

–¿Ya le ha hecho todas las preguntas que quería, señora Miller?

Yo le di un sorbo al agua que había pedido pero no quería.

–Me queda alguna, siempre que a Florence no le moleste.

Joe miró a su hija, que asintió con prontitud.

–Encantada de ayudarla, señora Miller.

–¿Puedes contarme alguna cosa de ayer que te pareciera rara? Aunque no te parezca importante. Lo que sea.

–Bueno, la señora Warren bebió dos vasos de ginebra. Por eso estaba cerca de ella cuando se... desplomó. Me había hecho un gesto para indicarme que quería otro.

–¿La señora Warren cogió un vaso de tu bandeja?

74

—Sí. —Una sonrisa maliciosa cruzó el rostro de Florence—. Y no fue la única que le cogió el gusto a su ginebra ayer.

—Florence, por favor —dijo Joe—. Ahora no es el momento de parlotear sobre nuestros vecinos.

—Me gustaría que dejara contestar a Florence —le pedí a Joe mientras volvía a beber agua para calmar mis nervios.

¿Quién iba a decir que entrevistar a alguien fuera tan aterrador? Jo asintió y en el rostro de Florence se dibujó otra sonrisita.

—La señora Harrington cogió por lo menos cuatro vasos de mi bandeja.

—¿La señora Harrington?

—No le dice que no a una bebida. —Joe asintió con la cabeza.

—¿La señora Harrington? —repetí—. ¿Elsie Harrington, la mujer del jefe de Correos?

—¿Cuántas Elsie Harrington hay en el pueblo? —Joe se echó a reír.

—¿Qué quiere decir con eso de que «no le dice que no a una bebida»?

Joe se dio un golpecito en un lado de la nariz.

—Digamos que sé, sin lugar a dudas, que bebe más de un vaso de ginebra después de la cena cada día.

Aquello explicaría su extraño comportamiento la tarde anterior, aunque ni siquiera se me había pasado por la cabeza que Elsie tuviera un problema con el alcohol.

—Una última cosa. —Miré de nuevo a Florence—. ¿Dejaste caer la bandeja por el miedo de lo que le había pasado a la señora Warren?

Florence frunció el ceño.

—Pues eso es lo raro, señora Miller. Aunque no puedo jurarlo, y tal vez no le hubiera dado importancia hasta que me ha hecho la pregunta, me da la impresión de que alguien me dio un codazo.

—¿Y por eso se te cayó la bandeja con las bebidas?

—Pues sí. —Florence dejó escapar una risa nerviosa—. Pero estaban pasando tantas cosas al mismo tiempo que puede que me equivoque.

No estaba segura de la relevancia que podía tener aquello en relación con la muerte de Alice, pero era un hecho peculiar en un día lleno de sucesos extraños y alarmantes.

–Muchísimas gracias. –Me puse en pie–. Los dos han sido de gran ayuda.

–Que tenga un buen día, señora Miller.

Mientras me preparaba para marcharme, se me ocurrió algo más.

–¿Le han contado al inspector algo de todo esto?

Joe se quedó perplejo.

–Le dijimos que nadie tuvo acceso a las botellas, lo cual es cierto. Pero no preguntó nada sobre cuánto bebieron las señoras.

–Y a mí tampoco me preguntó cómo se me cayó la bandeja –confirmó Florence.

Aunque me alegraba de haber destapado más información que el inspector, eso no me ayudaba en mi misión de limpiar mi nombre. Por lo que sabía el inspector Robertson, nadie había tenido acceso a las botellas de ginebra salvo yo, el dueño del *pub* y quizá su hija.

Sentí una absurda sensación de alegría por no ser ya, al menos, la única sospechosa.

Una cosa que echaba de menos desde la desaparición de Stan era el asado que yo solía preparar los domingos, después de ir a la iglesia. Cuando regresábamos a casa después del servicio en la iglesia de Todos los Santos, Stan se sentaba en la sala con el periódico mientras Lizzie y yo entrábamos en la cocina, donde yo cocinaba las verduras recogidas en mi pequeño huerto al fondo del jardín, junto con un pequeño corte de carne. Era un pequeño lujo que nos podíamos permitir gracias al sueldo de Stan.

Ahora, Ruby y yo solo comíamos carne en las ocasiones especiales, o si yo intercambiaba con el granjero Bennington una tarta que hubiera horneado. Las gallinas del jardín me proporcionaban un suministro inmediato de huevos, pero el azúcar todavía estaba racionado, cosa que limitaba seriamente mi capacidad de hornear tantas tartas como me hubiera gustado.

Dicho esto, ese era el motivo por el que, cuando el vicario se pasó por casa para informarme de lo que le había contado Ada Garrett, me encontró añadiendo bolas de masa a un estofado de ternera entre cuyos ingredientes no se contaba la ternera.

–Huele de maravilla, si me permite decirlo, señora Miller.

Luke entró en la cocina seguido de Ruby, que le había abierto la puerta.

–Gracias, vicario. ¿Quiere quedarse a comer?

–Discúlpenme –dijo Ruby–. Voy a dar un paseo hasta el pueblo para llamar por teléfono.

–La comida estará lista en media hora.

–Volveré a tiempo. –Ruby saludó con la mano desde la puerta de la cocina–. Hasta luego, vicario.

Luke apoyó una rodilla en el frío suelo de piedra para dar unas palmaditas a Lizzie.

–Acabará con tantos pelos como ella –le dije, señalando a la perra con la cabeza–. Siéntese, vicario.

–No me importa. –Me miró con aire pensativo y luego contempló de nuevo a la perra–. ¿Cómo se las apañaba para alimentarla durante la guerra?

–Trabajaba de granjera –expliqué–. Aquí al lado, carretera arriba, en las tierras del granjero Bennington. Estaba tan agradecido por lo mucho que trabajaba que me dejaba llevarme lo que le quedaba en el matadero y no había podido vender. Lizzie aprendió a comer todo lo que le hervía, con algo de verdura.

–Es usted muy apañada.

–He tenido que aprender.

Me daba vergüenza hablar de las cosas que había tenido que hacer para llegar a fin de mes. El vicario pareció percatarse y se sentó a la mesa.

–Me quedaré a comer, si está segura de que hay suficiente para todos, claro.

—Por supuesto. —Puse agua a hervir en el fogón—. Puede que no tengamos mucho, pero de verduras vamos sobradas.

—Me temo que mi ama de llaves ni siquiera sabe hervir agua.

Sonreí.

—Ya; el anterior vicario decía que si no se había muerto de hambre era gracias a la cantidad de veces que comía en casa de los feligreses.

—Esta mañana, me ha servido una tostada quemada y huevos duros. La tostada no la habrían tocado ni los pájaros, y los huevos estaban tan duros que rebotaban en la pared.

—No lo habrá intentado, ¿no? —pregunté con una risita.

Madre mía, ¿cuánto tiempo hacía que ese sonido infantil no salía de mi garganta? Demasiados meses, decidí.

—No —confirmó—. Pero solo porque me daba miedo que me pillara.

—¿No puede hacer nada para que mejore sus tareas?

—Me temo que no. Pero ¿qué le vamos a hacer? Venía con el trabajo, y con la casa.

—Lo que necesita es una esposa —se me escapó.

—No es la primera persona que me aconseja que me case como solución a mis desgracias. Sin embargo, tengo entendido que la señora Johnson, la autora de esa deliciosa tarta reina Victoria, ya está casada, ¿verdad?

No por primera vez, deseé que se me diera mejor hacer tartas, pero mis talentos no se extendían mucho más allá de cosas sencillas como hervir verduras y hacer té. Eso sí, podía tostar pan sin quemarlo y acompañarlo con unos huevos pasados en su punto.

—La señora Johnson tiene edad para ser su abuela.

Él se encogió de hombros.

—Entonces, diría que estoy destinado a quedarme soltero. Al menos mientras viva en Westleham.

No pude reprimir mi deseo de indagar más.

—¿No ha visto ninguna joven que le llame la atención?

Él siguió mi mirada hacia la puerta por la que se había marchado Ruby.

–¿Como su hermana, quizá?

¿Por qué era siempre tan transparente? Por eso me había casado con un hombre como Stan. Coquetear, seducir y todas las demás cosas que les gustaban a los hombres no formaban parte de mi naturaleza. Y tampoco había logrado aprenderlas. Ruby, en cambio, era una experta en todas ellas.

Y también era libre para coquetear con el vicario, mientras que yo no. Luke Walker estaba tan fuera de mi alcance como el duque de Windsor.

Alcé la barbilla.

–Ruby es un buen partido, vicario.

–Estoy convencido de que su hermana aspira a algo mejor que a casarse con un modesto vicario de pueblo.

Tamborileó sobre la mesa de la cocina mientras hablaba, sin apartar la mirada de mi cara.

No sé qué buscaba en mi expresión, pero hice todo lo que pude por mantenerla neutra. ¿Me alegraba de que Luke no pareciera sentirse atraído por Ruby? Sí, me alegraba. Sus palabras disiparon los celos y permitieron que el dolor en mi estómago se aligerase. Qué tonta. En última instancia, que el vicario profesara su afecto hacia Ruby o hacia otra mujer no suponía ninguna diferencia. No era asunto mío.

–Creo que es posible que tenga razón.

Dejé escapar un suspiro. Si mi hermana hubiera seguido viviendo con mis padres, estos la habrían convencido para que se casara con el primer hombre disponible que se presentara, como habían hecho conmigo. Vivir conmigo le daba a Ruby una mayor sensación de libertad, y no estaba segura de que fuera algo bueno. Si intentaba averiguar a quién había llamado esa tarde, ella cambiaría de tema. No teníamos ese tipo de confianza.

Al oír el pitido de la tetera, me dirigí a la cocina AGA. Eché un poco de agua hirviendo en el cuenco que había en el fregadero y añadí una viruta de jabón. Con los años, había aprendido que, si no lavaba enseguida la masa de las bolas, se endurecía como si fuera cemento y tardaba una eternidad en desprenderla.

–¿Té?

Él hizo una mueca.

–No creo que pueda beber más té. La señora Garrett ha insistido en que me tomara dos tazas.

–La señora Garrett no sabe cómo preparar una taza de té en condiciones –dije, y desvié la mirada de inmediato.

Aunque lo que decía era cierto, ¿era posible que ella me hubiera escuchado comentarlo en el pasado y que esa fuera la razón de su intensa antipatía hacia mí?

–¿Por qué no prueba una taza de mi té de lavanda, vicario?

–Creo que nunca he tomado té de lavanda.

Por su expresión deduje que tampoco le apetecía mucho.

–Le prepararé una taza. Si no le gusta no se preocupe, no me ofenderé.

–¿Cómo ha ido con Joe Noble en el *pub*?

Dejé la tetera sobre la mesa, junto a las tazas y los platillos. El té tardaría varios minutos en estar listo para servirse.

–Florence cree que alguien le dio un codazo y que por eso se le cayó al suelo la bandeja con bebidas.

Luke se inclinó por encima de la mesa.

–Eso es interesante.

–Así es –convine–. Pero Florence también me ha confesado que esa tarde quedó con el hijo del granjero Bennington, y que dejó las botellas de ginebra desatendidas.

–Así que alguien podría haberlas adulterado.

–Sí, pero es más probable que echaran el veneno en los vasos, ¿no? –Fruncí el ceño, intentado visualizar esta nueva teoría–. Si lo hubieran echado en la botella, habría muerto más gente.

–A menos que la ginebra envenenada estuviera en los vasos de la bandeja de Florence.

–Pero ¿cómo se habría asegurado el asesino de que la señora

Warren sería la única que cogería un vaso que contuviera veneno?

–No creo que podamos estar seguros de eso. –Luke dio unos golpecitos sobre la mesa–. ¿Estamos seguros de que ella era el objetivo?

–No se me ocurre ningún motivo por el que alguien pudiera querer matarla. Nadie gana nada con su muerte.

–Bueno, eso no es cierto.

Levanté la tapa de la tetera y removí el líquido para asegurarme de que estaba listo antes de servirlo en las dos tazas.

–¿Qué sabe usted?

–La señora Garrett ha dicho que la señora Harrington le ha contado que Charles Warren tiene la posibilidad de hacerse con una considerable suma de dinero, gracias a un seguro de vida que tiene a nombre de su mujer.

–¿Cómo se ha enterado de eso la señora Harrington?

–Por lo visto, se lo ha dicho su marido.

Reflexioné sobre la información que me acababa de dar.

–Ernest Harrington es el jefe de Correos, así que es posible que tenga acceso a esa clase de información. Joe Noble también me ha contado que la señora Harrington es bastante aficionada a la ginebra.

–Es muy posible que fuera un poco indiscreta y le contara a la señora Garrett algo que no debiera, ¿no?

Luke se acercó el platillo y echó un vistazo dubitativo al contenido de la taza. Yo le di un sorbo a la mía.

–¿Ve? No tiene nada de malo.

–Ni por un instante he pensado que lo tuviera. –Dio un sorbo con cautela–. Ya le dije ayer que no sospecho de usted. Es de la tisana de lo que no estoy seguro, no de usted.

Traté de no atribuir un significado oculto a su inequívoca fe en mi inocencia, aunque mi corazón maltrecho se hinchó de alegría.

–¿Ha averiguado algo más con la señora Garrett?

Él sopló su té.

—Nada útil.

Yo escuché las palabras que su educación no le permitía decir en voz alta.

—Supongo que eso quiere decir que no me ha dedicado muchos cumplidos, ¿verdad?

—Parece sentir un odio bastante enfermizo hacia usted.

Aunque admiraba su sinceridad, no pude evitar encogerme un poco al oír la palabra «odio». Era un término rotundamente negativo. No por primera vez, me pregunté qué había hecho yo para despertar semejante emoción en una mujer a la que apenas conocía.

—No alcanzo a entender a qué se debe.

—Se lo he preguntado. ¿Quiere saber qué me ha contestado?

—Qué pregunta más absurda –espeté–. ¿Conoce a alguien capaz de resistirse a saber lo que alguien opina de él?

—Lo lamento. –Parpadeó, y sus hermosas pestañas se cerraron por un momento sobre sus ojos azules–. Ha sido muy poco considerado por mi parte.

—Bueno, cuénteme. ¿Por qué me odia la señora Garrett?

No pude evitar que el enfado se reflejara en mi voz. Era exasperante que alguien te odiara cuando no habías hecho absolutamente nada para merecerlo.

—Ha dicho que no valoraba usted a su marido y que fue culpa suya que se marchara y la abandonara.

Ahora fui yo la que parpadeé varias veces. Aquello no me lo esperaba.

—¿No es porque crea que enterré a Stan en mi huerto?

—Tengo la impresión de que eso es lo que le cuenta a la gente para que no la tomen por celosa.

—¿Celosa? –repetí–. ¿De mí?

—Usted tenía un marido que volvió de la guerra. Ella no.

Me llevé la mano a la boca para cubrírmela y dejé escapar un jadeo.

—No se me había ocurrido. Ay, Dios mío. Pobre Ada.

¿Cómo había podido ser tan insensible? A lo mejor porque era más fácil tildar a Ada Garrett de cotilla entrometida que analizar por qué se metía en los asuntos de los demás. Lo más seguro era que se sintiera extremadamente sola. Yo había estado tan absorta en mi propia vida y mis problemas que ni siquiera me había parado a pensar en los de Ada.

—He rezado por ella al volver a la vicaría, y también le he pedido al Señor que la reconforte. —Las comisuras de la boca de Luke se curvaron hacia arriba en una leve sonrisa—. Aunque también le he pedido que la perdone por sus pecados hacia usted.

—¿Es posible que me odie tanto como para haberme tendido una trampa?

—Yo me he hecho la misma pregunta —dijo Luke con seriedad.

—Y ¿a qué conclusión ha llegado?

—No puedo descartar esa posibilidad.

Yo asentí con la cabeza.

—Ya, estoy de acuerdo. Tal vez deberíamos dejar de lado el asesinato mientras comemos, ¿le parece?

—Es usted muy amable. ¡Espero que la comida este más buena que el té de lavanda!

Le dediqué una mirada indignada y él me guiñó el ojo de una manera tan descarada que los dos nos echamos a reír a carcajadas. Lejos de sentirme insultada por su opinión acerca de mi té, la interpreté como lo que realmente era. Se había dado cuenta de que yo estaba disgustada y había aligerado el ambiente a propósito.

Era una pena que su consideración solo sirviera para que me gustara aún más que antes. Tenía que encontrar alguna cosa que lo hiciera parecer más humano y menos un hombre de ensueño.

Después de comer, Luke se disculpó alegando que su deber cristiano era visitar a la señora Harrington, dado el estado en el que se encontraba el día anterior. Por mi parte, me pareció que lo que quería era indagar en el jugoso chisme que había dejado caer Ada. ¿De verdad era posible que Charles Warren hubiera matado a su mujer para cobrar el seguro de vida?

A mí no me parecía probable. Eran una pareja a la que todo el mundo en el pueblo apreciaba, pero también eran bastante reservados. Aparte del puesto de presidenta del comité que ostentaba Alice, ninguno de los dos se involucraba en la vida del pueblo. La intensa reacción de Charles a la muerte de su esposa me parecía genuina. No me cabía en la cabeza que alguien que parecía adorar a su mujer tanto como él pudiera tener algo que ver con su muerte.

Ruby insistió en que me sentara en la salita mientras ella lavaba los platos. Lizzie me acompañó a la otra habitación y se dejó caer en su sitio habitual, junto a mis pies.

—Imagínate a Ada celosa de mí porque Stan volvió de la guerra. —Meneé la cabeza y chasqueé la lengua—. Si supiera...

Alargué la mano hacia el cesto que había a la izquierda del sillón y saqué mi labor. Durante la guerra, lo único que hacía eran calcetines para enviárselos a Stan. Él me enviaba escuetas notas de agradecimiento, por supuesto, pero yo deseaba algo más. No estoy segura de haber sabido qué hacer con apasionadas declaraciones de adoración, pero quería al menos unas palabras bonitas, como las que había visto en las cartas que otros soldados enviaban a sus enamoradas.

Una chica con la que trabajaba en la organización de granjeras de guerra recibía páginas enteras con una prosa maravillosamente escrita, que yo estaba convencida, aunque nunca se lo dije, de que su novio había copiado de un libro. ¿Era posible que un muchacho sentado en una trinchera empantanada en algún lugar de Europa sintiera esas emociones tan exaltadas? No lo veía claro.

Mientras observaba el patrón y la labor que colgaba de las agujas, traté de dilucidar en qué punto me encontraba de la rebequita que estaba haciendo. Aunque no conocía a nadie que tuviera un bebé, había comprado la lana y el patrón poco después de que Stan regresara a casa. Durante unos días, me había permitido creer que una de las pocas ocasiones en que mi marido se había metido en la cama junto a mí había resultado en un embarazo. Por supuesto, no fue así.

Y tampoco era probable que yo tuviera un hijo a corto plazo, dado que habían pasado más de nueve meses desde la última vez que habíamos compartido cama, por no hablar de que me había dejado plantada. Era otra cosa que me enojaba del abandono de Stan, y que había enterrado en lo más hondo de mí porque dolía demasiado para pensar en ello.

Varias semanas atrás, al encontrar la madeja olvidada en un cajón, había escuchado con nitidez la voz de mi madre, que decía: «Quien guarda siempre halla». Y así había acabado tejiendo la pieza sin tener ni idea de a quién se la regalaría.

—A lo mejor debería hacerla tan grande como para que te vaya bien a ti, Lizzie —dije.

Mi leal compañera dio un coletazo de entusiasmo sobre el suelo. No me dejé engañar. Lizzie estaba siempre de acuerdo con todo lo que yo decía, incluso cuando mis ideas eran absurdas.

—A lo mejor debería ir a ver a Margaret Leaming para enterarme de quién ganó los premios. —Comprobé el patrón y empecé la siguiente fila—. Puede estar relacionado con la muerte de Alice.

—¿Cómo? —preguntó Ruby al tiempo que entraba en la habitación.

—La verdad es que no lo sé —contesté con sinceridad—. A lo mejor hay alguien que no ganó un premio que creía merecer.

—¿Y mató a Alice para que no pudiera entregar el premio a otra persona que no lo merecía?

—Es posible.

—¿Eso es el hueco para el brazo? —Ruby echó un vistazo a mi labor.

—No, a menos que los brazos del bebé sean tan finos como un palillo. —Sostuve las agujas en alto para que les diera la luz—. Es parte del patrón.

—Ah, ¿sí?

Ruby se sentó en el sofá.

La ignoré. Aunque hacer punto no era lo mío, ella era aún más negada.

—En cualquier caso, Luke cree que es posible que Alice no fuera el objetivo. ¿Cómo podía estar seguro el asesino de que sería ella quien bebiera el veneno?

—¿Luke? —preguntó, burlona, y arqueó las cejas mientras yo la ignoraba—. Martha, ¿te gusta el vicario?

Introduje la aguja en el siguiente punto y la rodeé con la lana antes de mirar a Ruby

—Claro que no. Menuda tontería.

—Te has puesto roja.

—Me ha subido el calor a la cara al preparar la comida —repliqué. Me daba vergüenza hablarle a mi hermana de las mariposas que sentía cada vez que estaba cerca de Luke. Ruby era lo bastante progresista como para pensar que era del todo aceptable que yo sintiera algo por otro hombre, a pesar de estar casada. Sin embargo, me abochornaba reconocer que jamás había experimentado aquella sensación de excitación y aquel aleteo en el estómago cuando estaba con Stan.

—Creo que no te sigo —dijo Ruby—. Con lo de la persona que no ganó el premio y por eso mató a Alice.

—Hasta ahora, hemos empleado la lógica y no hemos encontrado un motivo evidente para que Alice acabara asesinada. —Me era imposible hablar y seguir el patrón al mismo tiempo. Dejé las agujas sobre mi regazo y me volví hacia Ruby—. Pero puede que quien matara a Alice no sea alguien racional.

No le conté a Ruby lo que Luke había averiguado acerca del dinero del seguro que Charles Warren iba a recibir. No sabíamos si la información era correcta. No me parecía justo repetir lo que, en esencia, era un rumor. Sobre todo sabiendo lo mucho que dolía ser la protagonista de uno.

—Pues vais a necesitar suerte para encontrar al loco del pueblo de Westleham. —Ruby dejó escapar una risita—. El abanico de posibilidades es interminable.

Debería haberle señalado a Ruby que lo que decía no era bonito. Sí, sin duda había varios personajes excéntricos en el pueblo, pero llamarlos locos era pasarse un poco. Entonces recordé lo mucho que me molestaba que mi madre me corrigiera.

Ruby era una adulta. No me correspondía a mí decirle cómo tenía que hablar. Al fin y al cabo, de poco me había servido a mí seguir los consejos de mi madre. Aquí estaba, casada con un hombre al que no veía desde hacía más de un año. Mientras que Ruby había ignorado todo lo que mi madre le había dicho y tenía una vida emocionante, con fines de semana en Londres saliendo con un chico u otro.

—Creo que voy a ir a ver a Margaret. —Volví a meter la labor en el cesto—. Ayer me dijo que se pasaría por aquí, pero creo que iré yo.

—Tu labor no va muy bien, ¿no?

—¿Por qué dices eso?

—No sé qué estás haciendo, pero sigue igual de pequeño.

—Es un patrón muy complejo.

—¿Qué diría Luke si te oyera contar mentiras? —se burló con una sonrisita—. ¡Y en domingo, además!

Cogí un cojín y se lo arrojé.

Su risa me siguió mientras cerraba la puerta y bajaba por el camino hacia la carretera. Si en eso consistía tener una verdadera relación de hermanas, decidí que me gustaba.

6

La casita de Margaret Leaming era la primera de la calle principal al entrar a nuestro pequeño pueblo. La mía era la última antes de salir, así que vivíamos tan lejos como era posible en nuestro pequeño pueblo.

Mientras me acercaba al parque, que quedaba a mi izquierda, mantuve la vista fija en la calle, hacia delante. No quería mirar la carpa en la que Alice había exhalado su último aliento entre mis brazos.

Pasé por delante del *pub*, la oficina de Correos y la mercería, que quedaban a mi derecha. En el pueblo reinaba una calma insólita. Recordé que era domingo; la mayoría de la gente estaría en casa durmiendo la siesta tras la comida o disfrutando del sol en el jardín.

Al final, tras dejar atrás el banco a mi izquierda y varias tiendas y casas más, llegué a la verja de casa de Margaret. Hacía relativamente poco que vivía en el pueblo y no sabía mucho de ella. ¿Estaría en casa o habría ido a visitar a un familiar? Aunque tampoco era que se pudiera llegar muy lejos en domingo, a menos que uno dispusiera de un coche. Los domingos y festivos, los autobuses no pasaban por Westleham.

Llamé a la puerta con los nudillos y miré hacia la ventana de la sala, a la izquierda. Percibí un movimiento brusco en las cortinas de encaje y esperé a que Margaret me dejara entrar. Pasaron varios segundos hasta que, por último, escuché unos pasos que se acercaban. Abrió la puerta apenas una rendija y se asomó por el hueco.

–Buenas tardes, señora Leaming. –Sonreí de oreja a oreja para disimular mi sorpresa. Margaret tenía un aspecto horrible. El pelo le sobresalía en todas direcciones, como si llevara semanas sin peinárselo, y tenía la cara pálida–. Lamento mucho molestarla en domingo con temas relacionados con el comité, pero hay varios asuntos que necesito aclarar.

–¿No puede esperar? –me espetó, cada palabra teñida de impaciencia.

–Me temo que no –contesté con toda la amabilidad de la que fui capaz–. Es muy posible que mi libertad esté en peligro.

–En ese caso, supongo que será mejor que pase –dijo sin ningún tipo de entusiasmo.

Yo estaba desconcertada. El día anterior, Margaret había sido la única persona que se había portado bien conmigo. Aparte del vicario, por supuesto. ¿Qué podía haber pasado para que ahora la secretaria del comité se mostrara tan reacia a hablar conmigo?

Me acompañó a través de la sala hasta la cocina de la parte de atrás. Fruncí la nariz mientras la seguía por el estrecho pasillo. El inconfundible olor a orina de gato inundaba el aire. Margaret se paró de forma abrupta ante la puerta de la cocina y la cerró.

–Pensándolo mejor, hablemos en la sala. –Alargó una mano–. Usted primero, señora Miller.

Un escalofrío de miedo me recorrió la columna mientras me daba la vuelta. ¿Iba a atacarme Margaret en cuanto le diera la espalda? No; Margaret y yo habíamos trabajado codo con codo durante meses. Si tuviera tendencias homicidas, estaba segura de que a aquellas alturas ya habría visto alguna señal. Estaba dejando que lo que le había ocurrido a Alice desatara mi paranoia y me pusiera nerviosa.

Alargué la mano y empujé la puerta entreabierta de la sala. La estancia estaba atestada de muebles y sobre todas las superficies libres había una multitud de gatos.

–Madre mía –murmuré–. No sabía que era usted una amante de los animales, señora Leaming.

Ella entró en la sala tras de mí.

–Déjeme hacerle sitio para que se siente.

Dividida entre mi deseo de ser educada y el de decirle a Margaret que prefería quedarme de pie, miré hacia la alfombra que había bajo mis pies. Supuse que en algún momento había lucido un diseño de guirnaldas de flores sobre un fondo granate, pero ahora tenía una capa tan gruesa de pelo que resultaba muy difícil asegurarlo con certeza.

—¡Por favor! No hace falta que los mueva por mí. No me importa quedarme de pie.

—Tonterías.

Obligó a dos gatos a bajar al suelo. O tal vez fueran tres. Nadie llevaba la cuenta.

—Siéntese.

Hice lo que me decía. Al fin y al cabo, quería que Margaret me proporcionara información, y decidí que la mejor forma de conseguir lo que quería era mostrarme lo más amable posible. Me pregunté si ella misma sabía cuántos gatos tenía.

—Esta habitación es muy bonita.

—Debería deshacerme de bastantes cosas.

Cogió un trapo de cocina del respaldo de la butaca de delante de mí y lo agitó en dirección a sus ocupantes felinos. Con maullidos de indignación, estos salieron de la sala con paso airado.

—Pero los muebles eran de mi difunto marido y no soporto la idea de separarme de ellos.

Horrorizada, vi que se le llenaban los ojos de lágrimas.

—¿Los gatos también son de él?

Ella parpadeó y sus ojos se vaciaron de lágrimas.

—Madre mía, qué pregunta más rara.

—He pen... pensado —balbuceé— que, como todo lo demás es suyo, quizá los animales también lo fueran.

Aunque lo que acababa de decir era una estupidez, el aspecto desaliñado de Margaret y su extraño comportamiento me tenían de los nervios. Por no hablar de que el día anterior habían asesinado a nuestra vecina y amiga de una manera espantosa.

—No le puedo ofrecer té. Me temo que me he quedado sin leche.

—Ah, no se preocupe, no me quedaré mucho rato. —Lo cierto era que no quería permanecer en aquella casa abarrotada más tiempo del estrictamente necesario. Habría agradecido un vaso de agua después de la caminata, pero, si la cocina estaba tan descuidada como la sala, prefería esperar a volver a casa–. Anoche se me ocurrieron varias preguntas y usted es la única persona que me las puede contestar.

Ella se dejó caer en el sillón.

–Dispare.

Margaret Leaming era una de esas mujeres cuya edad era imposible de determinar. Podía tener entre treinta y muchos y cincuenta y pocos. Por lo general, llevaba el pelo peinado en ondas ordenadas y ceñidas. Solía tener la tez rubicunda y una figura que, siendo educada, podía considerarse fornida.

–¿Perdió usted a su marido en la guerra?

Me atravesó con la mirada.

–No creo que haya venido aquí a hablar sobre mi marido. Estoy muy ocupada, señora Miller.

Dicho de otra manera: «Pregúnteme lo que ha venido a preguntarme y lárguese de mi casa». Su actitud hacia mí contrastaba de pleno con su talante comprensivo del día anterior. ¿Qué había cambiado?

–Lo siento, es que hasta ahora no me había dado cuenta de que era usted viuda. Yo...

–Señora Miller.

Miró intencionadamente el reloj de mesa que descansaba sobre la repisa de la chimenea, bajo capas de polvo acumuladas durante semanas.

–Perdón. Me gustaría que me diera la lista de todas las personas que iban a ganar un premio en la feria.

–¿De qué va a servir eso?

Encogí un hombro y torcí el gesto.

–No lo sé. Es la primera vez que me embarco en una investigación. Estoy tratando de recoger toda la información posible y espero que eso me lleve hasta el asesino.

–Pierde el tiempo. –Su tono fue amable, a pesar de sus palabras. Se levantó y se dirigió al hermoso secreter de la esquina de la habitación–. No hay nada en la lista de los ganadores de premios que vaya a ayudarla, pero la tengo aquí.

Me tendió una hoja de papel, todavía fija en el sujetapapeles.

–¿Puedo llevármela o tengo que copiarla?

–No soy quién para contestar esa pregunta. –Me dedicó una mirada perspicaz–. Usted es la nueva presidenta. Es responsabilidad suya decidir si los elegidos como ganadores deben recibir el premio.

–Ah, sí, gracias –balbuceé, preguntándome si algún día llegaría a disfrutar de mi cargo.

Aunque nunca lo había codiciado, si el resto del comité coincidía en que debía ocupar el puesto lo haría lo mejor que pudiera, a pesar de la espantosa manera en que lo había obtenido. Sin embargo, sería difícil ejercer de presidenta del comité del pueblo desde la cárcel, razón de más para entregarme con ahínco a la investigación.

–La otra cosa que quería saber es si notó algo distinto en la señora Warren. Me han comentado que ayer consumió bastante alcohol. ¿Sabe si era algo habitual en ella?

–Me temo que sé tanto de la señora Warren como de cualquier otro vecino del pueblo. –Margaret se cernió sobre mi sillón, en una clara señal para indicarme que me marchara–. Es decir, nada en absoluto.

–Gracias. La dejo... –«para que limpie su casa sucia y asquerosa»– a lo suyo.

–Me alegro de haber sido de ayuda.

–Qué aparador más bonito –comenté mientras me dirigía a la puerta–. Es muy vistoso.

La madera de caoba y las patas curvilíneas sugerían que era una pieza victoriana. Tenía amplios compartimientos a ambos lados y tres cajones en medio. En el centro de cada cajón había un tirador de cobre.

–Es falso –se apresuró a decir Margaret–. Estoy segura de que la gente que no sabe del tema lo tomaría por un Sheraton auténtico, pero no lo es.

—Yo no distinguiría entre un Sheraton y un mueble hecho por un carpintero de la calle mayor. Me temo que no soy muy sofisticada.

Ella sonrió y se adelantó para abrir la puerta de entrada.

—En fin, que pase un buen día, señora Miller.

Hice una inclinación de cabeza y salí al camino que llevaba a la verja del jardín.

—Buen día para usted también, señora Leaming.

En cuanto cerró la puerta a mi espalda, inspiré con fuerza. Por su aspecto y sus modales, jamás habría sospechado que Margaret vivía de una forma tan descuidada. Daba la impresión de ser muy competente, una especie de mezcla entre secretaria aguerrida y estricta institutriz. Nada en ella sugería que fuera amante de los animales, y mucho menos una coleccionista de gatos.

Estaba aprendiendo muy deprisa que no sabía tanto como creía sobre las personas que vivían en Westleham. Una de ellas era una asesina; al recordar aquel preocupante dato, la obsesión de Margaret por los felinos palideció en comparación.

Alguien había cortado el césped con esmero a ambos lados del camino de acceso. También se habían ocupado hacía poco del seto que recorría la parte frontal de la propiedad. Estaba todo lo segura que se podía estar de que Margaret tenía contratado a alguien que se ocupaba de su jardín. Era imposible que una persona que tenía su casa en semejantes condiciones pudiera tener al mismo tiempo un jardín tan cuidado.

Tal vez fuera una pérdida de tiempo, pero añadí el dato a la lista de cosas que quería averiguar. ¿Quién era el jardinero de Margaret Leaming? Y ¿sabía algo acerca de su marido ausente?

La información que saqué tras echar un vistazo a los papeles que me había dado la señora Leaming me llevó a la casa de enfrente de la mía. George Felton vivía allí con su mujer Gertrude, que trabajaba como ama de llaves del vicario. Nunca había escuchado a George quejarse de la comida de su mujer, y me pregunté si se había vuelto inmune después de años de matrimonio o si la falta de dotes culinarias de esta solo se manifestaba en la cocina del vicario.

Nadie vino a abrir la puerta cuando llamé con los nudillos, así que me dirigí al lateral para ver si George estaba trabajando en su huerto en la parte de atrás. Al abrir la verja, sonó una campanilla. Retrocedí y dejé caer las manos en los costados.

George apareció al cabo de unos segundos, con la cara roja y el ceño fruncido.

—Ah, es usted, señora Miller. ¿En qué puedo ayudarla?

—¿Podemos hablar un momento? —Señalé la verja con un gesto—. Veo que ha improvisado una especie de alarma.

—No quería que el saboteador del pueblo volviera a entrar en mi huerto. —No hizo ademán de abrir la verja—. Pensé que, si disponía de una señal que me avisara de que alguien trataba de entrar, tal vez tuviera ocasión de atrapar al canalla.

—Muy ingenioso —dije—. Me pregunto si esa es la función que cumple Lizzie conmigo. Es raro que nuestros huertos hayan quedado relativamente ilesos.

—¡Ilesos! —exclamó George, agitando los brazos con vehemencia—. ¿No ha visto el estado en que ese malasombra dejó mis habas? No, no lo ha visto, ¿verdad? Ni usted ni la señora Warren se molestaron en venir a comprobar los daños. Estaban demasiado ocupadas organizando la feria para los que todavía tenían productos.

Abochornada, recordé que el huerto de George había sido el primer blanco del vándalo, aunque no había armado tanto alboroto por los daños como lo estaba haciendo ahora. Al mirar la lista del portapapeles, encontré el nombre de George y pasé el dedo por encima hasta la siguiente columna, en la que se reflejaba el premio que había ganado.

—Tiene que haber un error.

—El único error ha sido permitir que dos mujeres dirijan el comité del pueblo —exclamó él, enfurecido—. Ya lo dije en su momento, y lo repito ahora. Un puesto de tanta importancia solo debería estar ocupado por un hombre.

—¿Qué daños sufrieron sus habas? —pregunté en voz baja, en contraste con el tono airado de George.

No tenía intención de dar pábulo a sus perniciosas opiniones sobre las mujeres que ocupaban puestos de poder.

—¿Acaso está sorda? —preguntó en tono estridente, como si quisiera poner a prueba mi oído. Me sobrepuse a mi deseo de alejarme aún más de la verja para poder escuchar su respuesta—. Quedaron destrozadas. Los nazis no lo habrían hecho mejor si se hubieran propuesto arrasarlas.

—Ah, ¿sí? —Arqueé una ceja y me esforcé por disimular mi sarcasmo—. En ese caso, ¿cómo se explica que le dieran el primer premio por ellas en la feria del pueblo?

Su rostro rubicundo adoptó un tono peligrosamente granate en cuestión de segundos.

—¿Cómo se atreve a intrigar contra mí, bruja?

No tenía muy claro qué le daba derecho a sugerir que, de los dos, era yo la que conspiraba.

—Cuando llegue el momento, convocaremos una reunión del comité para determinar la mejor manera de proceder.

—¡Exijo mi premio!

—Acaba usted de decirme que un desconocido destrozó sus habas. —Apreté el sujetapapeles sobre mi pecho—. Y, sin embargo, le concedieron un premio por esas verduras. Seguro que podemos coincidir en que ambas cosas son incompatibles.

—Se ha equivocado —replicó, mientras un veneno puro oscurecía sus ojos al mirarme, y me señaló con el dedo—. No me ha oído bien. He dicho que destrozaron mis judías, no mis habas.

—La señora Leaming toma notas detalladas de todas las reuniones del comité. —Di un paso atrás—. Después de pasarlas a máquina, las actas se envían a todos los miembros, para que tengan ocasión de corregir cualquier error. Estoy convencida de que las notas reflejarán que denunció que le habían estropeado la cosecha de habas.

—Piénsese muy bien lo que va a hacer –gruñó.

—¿Me está amenazando? –pregunté con el poco valor que me quedaba.

—No, la estoy avisando, señora Miller. –Se inclinó por encima de la verja y blandió un dedo hacia mí con gesto destemplado–. Será mejor que olvide que hemos tenido esta conversación.

Aunque aquella había sido la primera feria celebrada en el pueblo tras el fin de la guerra, la señora Warren me había hablado de la feroz rivalidad y la abierta hostilidad entre los vecinos. Yo había creído que sus advertencias eran una exageración; sin embargo, saltaba a la vista que Alice había subestimado el problema, pues estaba muerta, y, si algo sabía yo juzgar a las personas, a George Felton también le habría encantado estrangularme en aquel preciso instante.

Me alejé apresuradamente de él, conteniendo el aliento hasta que llegué de nuevo a la carretera. Al darme la vuelta para echar el pestillo de la verja principal, alguien me dio unos golpecitos en el hombro. Giré sobre mis talones blandiendo mi sujetapapeles en el aire como si fuera a usarlo a modo de arma letal.

El vicario levantó las manos.

—¡Yo estoy de su parte!

A pesar del tono jovial de sus palabras, tenía una mirada apenada.

—Acabo de tener una experiencia de lo más desagradable –dije.

—Yo también. –Luke hizo un gesto con el brazo por delante de su cuerpo–. ¿Qué le parece si hablamos en la vicaría?

Dediqué una mirada dubitativa a su residencia.

—¿Está la señora Felton?

—Estoy seguro de que me habrá dejado una deliciosa cena fría y se habrá ido a casa con su marido.

Frunció la nariz como si esperara que la comida fuera cualquier cosa menos buena. Yo no era capaz de decidir qué era peor: que la señora Felton estuviera en la vicaría y escuchara nuestra conversación, o que el vicario y yo nos quedáramos solos en su casa. Aunque los rumores que corrían por el pueblo sobre mí no podían ser peores, mi cautela innata se impuso.

—Será mejor que vaya a buscar a Lizzie y demos un paseo, ¿le parece?

Él se ruborizó ligeramente.

—Claro. Es un plan mucho más apropiado.

Aunque no estaba segura de que mi reputación pudiera empeorar, me parecía absurdo arriesgarme a poner a prueba esa teoría.

—Vuelvo enseguida.

Crucé la carretera a toda prisa, pensando que ojalá el paseo con el vicario fuera por placer y que no respondiera al propósito de compartir nuestra información para descubrir a un asesino.

—Vayamos hacia la granja —propuse después de que el vicario acariciara a Lizzie a conciencia.

Tal vez, antes de casarme con Stan, debería haber esperado a ver cómo se comportaba con los animales. Yo le había dado un hogar a Lizzie mientras él estaba lejos, sirviendo en el ejército. Cuando volvió a casa, nunca se portó mal con ella, pero por la manera estudiada en que la ignoraba deduje que no aprobaba mi decisión.

—Si vamos hacia allí, hay menos posibilidades de que se desate un frenesí en todos los visillos del pueblo —convino el vicario en tono amable.

—¿Qué ha averiguado?

—He ido a ver a la señora Harrington. Cuando he llegado a su casa estaba sola y muy habladora.

—Ay, madre —dije—. ¿Ha vuelto a insistir en que cree que soy una asesina?

—Tenía muchas ganas de hacerme saber que, tras la muerte de su mujer, el señor Warren va a recibir una cuantiosa suma de dinero del seguro.

—Vaya, así que esa parte de los rumores era cierta.

—¿Acaso no suelen ser ciertos los rumores del pueblo?

—Mi marido no está enterrado bajo las patatas —repliqué con brusquedad.

—Creo que eso ya ha quedado claro —dijo en tono desenfadado, sin ofenderse por mi rudeza—. De lo contrario, puede que no estuviera dispuesto a dar un paseo por un camino desierto con usted.

Señalé la zanja que bordeaba la estrecha carretera por la que caminábamos.

—Si tuviera intención de deshacerme a alguien, lo metería ahí abajo. Nunca lo descubrirían. Creo que la única persona que pasa andando por aquí soy yo. El granjero Bennington utiliza su tractor y Lord Chesden tiene un coche.

—¿Qué me dice de los empleados de Lord Chesden? ¿No bajan al pueblo?

—Bien visto —dije—. Sé que les envían la comida a la casa, pero creo que tiene usted razón. Algunos de los empleados bajan al pueblo en su tarde libre.

—Se preguntará por qué me costó tan poco creer en su inocencia. —Luke alargó la mano y la apoyó en mi brazo hasta que me volví hacia él—. Sería usted un desastre como asesina. No se le da muy bien planificar y considerar todas las posibles variables. En mi opinión, no es lo bastante taimada, ni de lejos.

—No sabía que era usted un experto —comenté con una sonrisa.

Luke se dio la vuelta y siguió andando. Dimos unos veinte pasos antes de que contestara.

—Hasta que no serví como capellán en el ejército no me di cuenta de lo que son capaces los hombres. Cuando ves lo bajo que puede caer una persona, todo cambia. Y no me refiero solo a los alemanes, sino también a los soldados aliados.

—Cuando volvió a casa, Stan nunca hablaba de la guerra —dije—. A menudo me pregunto si le pasó algo mientras estaba allí y ese es el motivo por el que, al final, un día decidió no regresar.

—Creo que no hay muchos hombres a los que les guste hablar de sus experiencias. —Luke paseó la mirada por los campos de cebada y asintió mientras la ligera brisa le acariciaba el rostro–. ¿Cree que Stan está vivo?

–Sí –respondí de inmediato–. No sabría decirle por qué estoy tan convencida, pero es así. Aunque nuestro matrimonio no era infeliz, tengo claro que yo no era el amor de su vida. Siempre he pensado que conoció a alguien en Londres. Una mujer más guapa, más lista y, en general, más divertida.

–¿Es muy difícil seguir atada a un hombre que la ha abandonado de una manera tan cruel?

–Puedo divorciarme de él –dije con mucha más decisión de la que en realidad sentía–. Dentro de dos años, cuando hayan pasado tres desde su desaparición.

–¿Lo hará? Divorciarse, quiero decir.

–No lo sé –contesté con sinceridad–. No es propio de una joven como Dios manda, ¿no? Aunque en el pueblo ya piensan que es un escándalo que hiciera algo que obligó a mi marido a abandonarme.

–Los tiempos han cambiado –dijo Luke–. Mire al duque de Windsor.

–No sabe cuánto lo admiro. Ha renunciado a todo por la mujer a la que ama. Creo que eso es lo que cualquier joven espera cuando se casa: que su amor sea así de poderoso.

–Deduzco que el suyo no lo era.

–Aunque me dé vergüenza reconocerlo, Stan y yo nos casamos casi por inercia. Los dos estábamos solteros. Entonces estalló la guerra y, por alguna razón, me dejé llevar por el romanticismo de la situación. No digo que la guerra tuviera nada de romántico, ni tampoco nuestra relación. Pero al principio me lo pareció.

–¿Y cuando volvió?

–Éramos dos desconocidos viviendo en la misma casa –reconocí con tristeza–. Y así fue como Lizzie acabó siendo mi mejor amiga. ¿Sabe?, nunca le he contado estas cosas a nadie.

No tenía la sensación de que hablar de mi matrimonio con Luke fuera una traición a Stan. Me resultaba extremadamente fácil contarle cosas que no le había contado a ningún otro ser humano.

Aparte de Lizzie, claro, pero ella no era humana. Al decirlo en voz alta, se volvió más real y, por primera vez, acepté que Stan y yo no estábamos hechos el uno para el otro. Ojalá no hubiera cedido con tanto entusiasmo al deseo de mis padres de que me marchara de casa y me casara. A lo mejor, si no me hubiera apresurado tanto, habría encontrado a un hombre del que me pudiera enamorar de verdad. Un hombre como Luke.

—¿Su hermana y usted no están unidas?

—No —confesé—. Me gustaría, pero creo que ninguna de las dos sabe cómo hacerlo.

—No estoy de acuerdo con usted —dijo Luke—. Le voy a plantear un reto: esta noche, cuando vaya a casa, cuéntele a su hermana alguna cosa que no le haya contado nunca. No hace falta ser muy listo para darse cuenta de cuánto se preocupa por usted esa jovencita. Creo que solo está esperando a que usted le dé pie.

—Y ¿qué voy a contarle?

Se me hizo un nudo en la garganta al permitirme albergar la esperanza de que Ruby y yo pudiéramos estar tan unidas como deseaba.

—Algo personal acerca de usted que ella no sepa. Comparta alguna cosa íntima.

—Madre mía, ¿eso es lo que les enseñan en el seminario vicarial?

Dejé escapar una risa nerviosa. La nuestra no era una familia en la que se compartieran emociones, esperanzas o sueños.

—No, eso lo aprendí de mi madre, que se enorgullecía de enseñar a sus hijos a quererse a ellos mismos y a los demás. Una lección de lo más importante.

No podía imaginarme qué debía sentirse al tener una madre como la de Luke. ¿Era demasiado tarde para aprender las lecciones que ella le había enseñado a su hijo? Quererme un poco más a mí misma me parecía una idea bastante agradable.

—¿Su padre también lo aprendió?

—Mi padre era demasiado egoísta para interesarse por alguien que no fuera él mismo —dijo Luke con dureza, antes de cambiar de tema—. En fin, volviendo a lo nuestro. Como le he dicho, la señora Harrington estaba especialmente habladora y encantada de compartir la información sobre el seguro de vida de la mujer de Charles Warren. Sin embargo, cuando el señor Harrington ha venido a casa, la conversación se ha interrumpido. De hecho, él ha hecho mucho hincapié en la mala salud de su mujer y se ha apresurado a acompañarme a la puerta.

–¿De dónde venía?

Acepté el brusco cambio de tema sin comentar nada al respecto. Si el vicario quería hablarme de su padre, no me cabía duda de que lo haría. En aquel momento, era evidente que no quería.

–No lo sé. No se lo he preguntado y él no me lo ha dicho.

–Es una hora rara para estar en la calle –reflexioné–. Los domingos no hay nada abierto. Hasta el *pub* cierra por la tarde.

–Una cosa es segura –dijo Luke–: la señora Harrington estaba sumamente bebida y el señor Harrington se sentía muy abochornado por ello.

–Tenemos que encontrar la manera de hablar con el señor Warren –observé–. Ahora que hemos establecido que tenía un motivo para matar a su mujer, debemos investigarlo a fondo.

–Ya tenía pensado llamarlo mañana para organizar el funeral. Debería usted venir conmigo.

–Puedo decir que necesito unos documentos para el comité. –Hice una mueca–. No, no puedo decir eso. Suena muy insensible.

–Solo venga conmigo, sin dar explicaciones. A lo mejor, entre los dos descubrimos algo que nos ayude en nuestra investigación.

Al llegar al camino que llevaba a la granja de Bennington, me di la vuelta y miré hacia el pueblo. Seguramente, si el vicario había decidido ayudarme a probar que no era yo quien había matado a la señora Warren, era por su sentido del deber hacia una feligresa. Pero sus motivos ya no me importaban. Lo único que me importaba era lo mucho que me gustaba que hubiera elegido pasar tiempo conmigo. Aunque había algo más. El hecho de que él creyera en mí inundaba mi cuerpo de una agradable sensación de calidez y, por primera vez en años, me sentía realmente viva.

7

A la mañana siguiente, Luke y yo nos encontramos delante de la vicaría y nos dirigimos juntos a casa de Charles Warren. Con el sujetapapeles que me había dado la señora Leaming el día anterior agarrado contra el pecho, esperaba que el flamante viudo pudiera proporcionarnos alguna información útil. Hasta aquel momento, lo único que habíamos averiguado era un galimatías de datos que no parecían estar relacionados entre sí.

—Esta es, de lejos, la peor parte de mi trabajo.

Luke se detuvo ante la verja de casa de los Warren y se volvió hacia mí con una mueca que distorsionaba su bello rostro.

—¿Cómo se conforta a alguien que acaba de vivir una experiencia tan espantosa? —quise saber.

—Con una fe inquebrantable en Dios —contestó él—. Creo que el señor Warren está ahora en Sus manos. Aunque no sea un consuelo para los vivos, espero que al menos los reconforte.

—¿Fue difícil mantener una fe tan férrea en Dios durante la guerra?

Si le molestó que le planteara una pregunta tan personal, no dejó que se reflejara en su rostro.

—Fue casi imposible.

Luke había visto con sus propios ojos las cosas que Stan había presenciado. Por mucho que yo agradeciera a los inspectores que investigaban la desaparición de mi marido su sugerencia de que tal vez aquellas experiencias habían afectado mentalmente a Stan, no creía que ese fuera el motivo de que se hubiera marchado de casa. Siempre había pensado que Stan había conocido a alguien y ya no soportaba la idea de regresar a casa conmigo.

Tal vez eso reflejara más mis propias inseguridades que las intenciones de Stan. Él iba a trabajar y volvía a casa cada día a la misma hora. Siendo realista, no sabía de dónde habría podido sacar el tiempo para tener una aventura tan tórrida que lo impulsara a abandonarme en favor de esa otra mujer. Aunque tenía que admitir que, si Stan había conocido a alguien que le aceleraba el corazón –igual que le pasaba al mío cuando estaba cerca de Luke–, era muy posible que simplemente se hubiera lanzado a la piscina.

Esa seguía siendo la opción más probable. No me imaginaba a Stan haciéndose daño a sí mismo. Aunque, ¿qué sabía en realidad sobre sus experiencias en la guerra y el daño que le habían hecho a su mente? La triste verdad era que en realidad no conocía a mi marido y él no me conocía, o no me había conocido, a mí.

Luke abrió la verja y se quedó atrás para que yo abriera el camino. Luego fui yo la que se hizo a un lado para que él llamara con la imponente aldaba de cobre.

Charles Warren abrió la puerta con aspecto desaliñado. No se había afeitado y tenía el pelo grasiento y despeinado. Unos pantalones de pijama a rayas asomaban por debajo de una gruesa bata.

–Buenos días, señor Warren. –Luke miró su reloj–. ¿Llego pronto?

–Creo que llega justo a tiempo, vicario. –Charles me miró y luego echó un vistazo a su atuendo–. Discúlpeme, señora Miller. No la esperaba.

–No se preocupe por mí, por favor –dije–. Si prefiere que no entre, puedo volver a casa, pero me gustaría mucho darle mis condolencias.

Él abrió la puerta de par en par.

–Pasen los dos.

Charles nos guio hasta un salón muy ordenado y decorado con estilo. Había dos butacas a sendos lados de la chimenea y un pequeño sofá enfrente de esta. Un enorme cuadro con una escena rural dominaba la pared por encima de la repisa. Aunque yo no sabía absolutamente nada sobre arte, me gustó mucho.

–Qué cuadro más bonito.

Charles alzó la vista, como si le sorprendiera ver la obra colgada en la pared, y luego hizo una mueca.

–Alice se enamoró de él durante nuestra luna de miel en Scarborough. Costaba un ojo de la cara, pero fui incapaz de negárselo. Jamás aprendí a decirle que no. Y ahora ya no está aquí. Ay, ¿qué va a ser de mí?

Yo cerré la boca con fuerza. ¿Por qué siempre decía lo que no debía? Ya fuera preguntar al vicario por cosas que no eran de mi incumbencia o provocar a George Felton para que me amenazara, siempre conseguía meterme en problemas.

–Señor Warren –dijo Luke con delicadeza–. ¿Podemos hacer algo por usted?

Charles adoptó una expresión horrorizada.

–No les he ofrecido té; ni siquiera les he pedido que se acomoden. Por favor, siéntense mientras pongo el agua a hervir.

–No nos hace falta, Charles –le indicó Luke–. Hemos venido a ver si necesita algo. Y me preguntaba si se siente preparado para hablar sobre el funeral de su esposa.

Charles sacó un pañuelo del bolsillo de su bata y se frotó los ojos antes de sonarse.

–No puedo enterrar a Alice hasta que no terminen la vista para determinar la causa de la muerte.

No sabía que habían decretado una pesquisa judicial; aunque, tratándose de una muerte repentina que no se debía a causas naturales, supuse que era de esperar.

–¿Tiene algún familiar que pueda acompañarle? –quiso saber Luke–. Me sabría fatal que tuviera que pasar solo por ese suplicio.

–No hay nadie. –Charles negó con la cabeza–. Solo Alice y yo.

–Si quiere, puedo acompañarlo.

–Se lo agradecería mucho, vicario, gracias. –Charles me miró–. ¿Y usted, señora Miller? ¿También estará ahí?

–Me da la sensación de que a la señora Miller la llamarán a testificar –señaló Luke.

Dios mío. ¿Cómo no se me había ocurrido?

–¿Usted cree?

–Estoy casi seguro –contestó Luke–. Estaba usted muy cerca de la señora Warren cuando tuvo lugar el incidente, y no me cabe duda de que el juez de instrucción querrá que le explique con precisión lo ocurrido.

–Lo hará usted, ¿verdad, señora Miller? –Charles me miró con ojos suplicantes–. Por mi pobre Alice.

–Por supuesto –convine.

No creía que los testigos de una pesquisa previa pudieran decidir si querían testificar o no. Aunque tampoco importaba. Estaría encantada de contar todo lo que sabía y solo cabía esperar que resultara útil. Sin duda, a mí, lo que había averiguado hasta el momento no me servía de mucho. Tal vez la Policía tuviera mejor suerte para atar todos los cabos de lo que había ocurrido.

–Debería llevarse a casa los papeles del comité que guardaba Alice. –Charles se puso en pie–. Ella querría que los tuviera. Sobre todo teniendo en cuenta que la va a sustituir.

Sus palabras terminaron en un sollozo mientras salía apresuradamente de la habitación. Yo miré a Luke.

–¿Una vista para determinar las causas de la muerte?

–Es una buena noticia –susurró él–. Con un poco de suerte, servirá para que acaben los desagradables rumores que corren sobre usted.

–Eso si la Policía llega a la misma conclusión que usted: que no tengo nada que ver con la muerte.

–No sea tan negativa –me dijo–. No ha hecho usted nada malo. Seguro que la Policía se dará cuenta de que el asesino de Alice podría ser cualquier vecino del pueblo.

–Aquí están –dijo Charles en un tono despreocupado que sonaba forzado, al tiempo que dejaba a mis pies una de las cajas que utilizaba la tienda del pueblo para almacenar verduras–. Este es todo el papeleo del comité. Alice lo guardaba todo.

–Gracias, es usted muy amable, pero... –Me interrumpí al notar un codazo de Luke.

Lo miré y él negó sutilmente con la cabeza. ¿Era posible que me hubiera leído el pensamiento y supiera que estaba a punto de decir que no sabía si iba a ser la próxima presidenta del comité, que eso dependía de si me acusaban o no del asesinato de su mujer?

—Yo lo llevaré a su casa, señora Miller —dijo el vicario—. Parece que pesa mucho.

—Supongo que todo el mundo cree que lo hice yo —balbuceó Charles.

—¿Qué diantres quiere decir con eso?

—Anoche, cuando fui a llamar por teléfono, vi a la señora Garrett. —Charles se frotó los ojos—. Yo tenía que avisar de que hoy no iría a trabajar. El caso es que me contó que corre el rumor por todo el pueblo de que maté a Alice para cobrar su seguro de vida.

—Madre mía, señor Warren, ¡eso es absurdo! —contesté de manera instintiva, conmovida por lo que me pareció una aflicción genuina.

El seguro de vida era un buen motivo para matar a Alice, pero ¿era capaz Charles de algo tan mercenario?

—La señora Miller tiene razón. No debería prestar atención a los rumores frívolos. Pueden ser muy crueles.

—Y no debería dejar que la opinión de otras personas lo afecte.

—No me diga, señora Miller. ¿A usted no le molesta que la gente deje caer que acabó usted con la vida de Stan? Yo amaba a mi mujer.

Aunque no lo dijera con todas las letras, la insinuación estaba allí: que él amaba a su mujer, mientras que yo a mi marido no. Y no podía corregirlo porque tenía razón. Le tenía cariño a Stan, pero hacía mucho tiempo que había aceptado que no sentía por él el amor que debería haber sentido una esposa normal.

—Lo siento mucho —dije con la vista clavada en mi regazo.

—No tiene que disculparse. —Charles dejó escapar un suspiro—. Es solo que me resulta muy difícil aceptar que personas a las que he considerado amigas durante años no hayan venido a darme el pésame. Ahora ya sé por qué, ¿verdad? Es porque todos creen que voy a convertirme en un hombre rico gracias a haber hecho algo espantoso y perverso.

—¿Ha hablado con la Policía sobre el seguro de vida?

Contuve el aliento mientras aguardaba la respuesta de Charles. Luke era muy listo. Había planteado sus dudas sobre la veracidad del rumor sin preguntarlo directamente de primeras.

—Se lo comuniqué de inmediato al inspector Robertson. —Charles apoyó la cabeza en sus manos—. ¿Cómo voy a pasearme por el pueblo con la cabeza alta?

—Lo más sencillo es tomárselo día a día —indiqué con seriedad—. Siga con su vida normal y, al final, los rumores y los chismes se centrarán en otra cosa.

—Es un buen consejo —dijo Charles con la voz rota—. Es lo que haré mañana. Al fin y al cabo, me esperan de vuelta en el trabajo.

—Dadas las circunstancias, supongo que le dejarán tomarse más días libres, ¿no?

—Seguro que mi empleador me lo permitiría, vicario —contestó Charles—. Pero les he dicho que mañana volvería. La señora Miller tiene razón: debo recuperar la normalidad cuanto antes.

Trató de sonreír, pero el resultado se pareció más a una grotesca exhibición de dientes. Mantuvo la expresión durante varios segundos, antes de romperse de nuevo y sollozar con el pañuelo sobre la nariz.

Después de que el señor Warren nos asegurase que no había nada más que pudiéramos hacer por él, regresé a mi casa acompañada por Luke. Él dejó la caja que contenía los papeles de Alice sobre la mesa de mi cocina.

—Será mejor que vaya a ocuparme de mis deberes parroquiales. Tal vez me ponga con mi sermón dominical.

—Creo que el de ayer tuvo una buena acogida.

—¿Le parece? —Luke apoyó una mano encima de la otra sobre la mesa—. Nunca acabo convencido.

—Siempre he creído que un sermón se puede considerar un éxito si la mayoría de la congregación sigue despierta al terminar.

Tras poner la tetera a hervir, regresé a la mesa y hojeé los documentos del comité que habíamos traído de casa de Charles.

—No estoy segura de entender el método que utilizaba Alice para archivar los papeles.

Luke echó un vistazo a la caja.

—No parece haber un sistema.

—Tengo que encontrar las notas de la reunión que tuvimos en abril.

—Si quiere, puedo ayudar a buscar. Seguro que eso cuenta como auxilio a una feligresa, ¿verdad?

Con una sonrisa, le tendí un fajo de papeles.

—Si está seguro de que no le importa, se lo agradecería mucho.

—¿Qué es exactamente lo que tengo que buscar?

—Notas escritas a mano. La señora Leaming pasa a máquina las actas a partir de ellas. Ayer, después de hablar con George Felton, revisé mi copia, y tan solo aparece un comentario acerca de sus quejas por los daños que había sufrido parte de su cosecha. Tengo la esperanza de que la señora Leaming anotara qué verduras, según él, le habían destruido.

—¿Según él?

—Creo que George es la persona que ha estado destrozando los huertos del pueblo.

—¿George, el marido de mi ama de llaves? —Luke frunció el ceño—. ¿Qué le hace pensar eso?

—Ayer, al salir de la iglesia, fui a ver a la señora Leaming. Lo cual, permítame decirle, fue toda una experiencia. ¿Ha pasado ya por su casa?

—No. Tengo una lista de todos los habitantes del pueblo y los estoy visitando uno a uno, poco a poco. ¿Hay algo que debería saber?

—A la señora Leaming le gustan los gatos.

—A mí también me gustan los gatos —contestó Luke.

—Le garantizo que no tanto como a ella. —Bajé la voz, aunque en la casa no había nadie más—. Tiene tantos que no pude contarlos todos.

Él hizo un gesto con la mano para que continuara.

–¿Y? Tengo la sensación de que esta historia esconde algo más.

–Por favor, no me tome por una entrometida, vicario –dije, porque me importaba mucho la opinión que tuviera de mí–. Pero el estado de los animales era muy poco higiénico. Por si eso fuera poco, la señora Leaming tampoco iba tan arreglada como de costumbre.

–¿Ayer no fue a la iglesia?

–Si hubiera acudido en ese estado lamentable, en el pueblo no se habría hablado de otra cosa antes incluso de la primera lectura.

–¿Por lo general acude siempre a la iglesia?

Me tomé un momento para pensarlo.

–No, la verdad es que no. Aun así, después de lo que pasó en la feria, fue raro que no se presentara.

–¿Y eso por qué?

–Las tiendas cierran los domingos, vicario –explicó–. Lamento informarle de que, ese día, la mayoría de los vecinos recibe su dosis diaria de dimes y diretes en la iglesia. Tras la muerte de Alice, esperaba que estuviera a rebosar.

Luke encogió un hombro.

–No le doy ninguna importancia al motivo por el que los feligreses cruzan las puertas, señora Miller. Tan solo me alegro de que viniera tanta gente. Porque vino mucha gente, ¿verdad?

–Una asistencia decente, sí –confirmé–. Aunque ya me lo esperaba, porque, uno, era su primer servicio, y dos, la gente quería enterarse de las últimas novedades acerca de lo ocurrido a la pobre señora Warren.

–¡Aquí está! –Sostuvo en alto una hoja de papel–. La letra de la señora Leaming es terrible, pero anotó que «el señor George Felton ha presentado una queja formal porque uno o varios desconocidos han arruinado su cosecha entera de habas».

–Lo sabía –dije en tono triunfal.

–¿Por qué tiene tanta importancia?

—Porque el señor Felton ganó el primer premio en la feria del pueblo con sus habas.

—Vaya. Ahora entiendo el problema. ¿Qué piensa hacer?

—Creo que debería llamar al inspector Robertson y hacerle saber lo que he averiguado.

—¿Es posible que el señor Felton matara a la señora Warren para conservar el premio? —preguntó Luke con expresión dubitativa.

—Todo es posible, vicario. —Me dirigí al fogón, donde la tetera silbaba con alegría—. ¿Quiere un té?

—Solo si no es de hierbas. —Frunció la nariz—. ¿Por qué bebe esas cosas?

—Si no utilizo los cupones para té y azúcar de mi cartilla de racionamiento, puedo conseguir carne extra para Lizzie.

—En ese caso, me tomaré una de esas tazas suyas de tisana. —Sonrió.

—Le agradezco su sacrificio, vicario, pero puedo usar el té de Ruby. No se dará cuenta.

—Ah. —Levantó un dedo hacia el cielo—. Pero yo sí lo sabré. Así que una tisana para mí. Igual me acaba gustando. Bueno, volvamos al señor Felton.

—Creo que silenciar a la señora Warren es un motivo muy plausible. Su comportamiento ha sido bastante alarmante. Yo no descartaría que fuera capaz de matarla para quedarse con el premio.

—A lo mejor no debería usted pasearse sola por el pueblo para hacer entrevistas.

—Es un detalle que se preocupe por mi seguridad. —Metí las flores de lavanda en el infusor y vertí el agua hirviendo por encima—. Pero estoy acostumbrada a valerme por mí misma.

—No me cabe ninguna duda —respondió—. Aunque no con un asesino suelto por el pueblo.

—No podemos hacerlo juntos —señalé—. Estoy convencida de que alguien nos vio ayer paseando a Lizzie. Y hoy estamos juntos otra vez. ¿Acaso no ha trabajado nunca en un pueblo?

–Claro que sí; aunque, en mis anteriores parroquias, las mujeres de la comunidad eran en su mayor parte tan viejas como mi abuela.

–En ese caso, debería preocuparse más por su reputación –le dije con seriedad–. La mía está arruinada, así que sé muy bien lo rápido que puede suceder. Esta mañana me ha traído una caja a casa. Una taza de té entre vecinos es algo aceptable, pero tiene que marcharse en quince minutos o le garantizo que, antes de que la carnicería cierre al mediodía, empezarán a correr rumores que pondrán en duda su moral.

–¿Tan malo es?

–Eso me temo. –Llevé la tetera a la mesa y cogí dos tazas con sus respectivos platillos–. Así que tenemos que darnos prisa. ¿Cuál es nuestro siguiente paso?

Resultaba delicioso poder hablar en plural de nosotros, y contuve la respiración mientras aguardaba su respuesta.

–Usted tiene que telefonear al inspector. Tal vez yo...

Se interrumpió al escuchar que alguien llamaba con los nudillos a la puerta. Yo arqueé las cejas.

–¿Ve lo que le decía?

Me apresuré a abrir la puerta y me encontré a mi vecina en el umbral.

–Buenos días, señora Miller. Me preguntaba si podría dedicarme un momento.

–Venga a la cocina, señora Burnett. El vicario ha sido tan amable de ayudarme a traer una caja con papeleo de la señora Warren relacionado con el comité, para que pueda revisarlo. ¿Le apetece una taza de té?

–Ay, no sabe cuánto se lo agradecería. –Maud Burnett, mi vecina de al lado, se abanicó la cara con la mano–. Hoy vuelve a hacer un calor espantoso.

–Sí. Hace varios días que tengo descuidado mi huerto. Espero que el sol haya hecho crecer las verduras más rápido de lo normal.

Maud me precedió para entrar en la cocina.

–Vaya, ¡me alegro de verlo, vicario! –exclamó en tono de sorpresa, como si no le acabara de decir que estaba allí.

–Usted es la señora Burnett, ¿verdad?

Luke se puso en pie y retiró una silla para mi entrometida vecina.

–¿Cómo lo lleva el señor Warren?

Sus palabras me daban la razón: sabía perfectamente dónde habíamos estado.

–Todo lo bien que se puede esperar –contestó Luke–. Nos ha contado que mañana lo esperan en el trabajo.

–Es demasiado pronto. –Maud chasqueó la lengua en señal de desaprobación, como si su opinión fuera la única que importara–. Muy muy pronto. A lo mejor resulta que lo que he oído de ese hombre es verdad.

–¿Qué ha oído? –pregunté sin poder contenerme–. ¿Alguna información que debamos comunicar al inspector? ¿Cree que puede ser útil para la investigación?

–Diría que ya está al corriente –repuso Maud, mirándonos a Luke y a mí alternativamente y alargando el momento tanto como pudo–. También sabe lo del seguro que va a cobrar el señor Warren.

–¿Hay algo más? –pregunté.

Había renunciado a fingir que solo estaba interesada en la información relacionada con el caso.

–¡Pues sí! –anunció Maud en tono triunfal–. Me han contado que el señor Warren tiene una amiguita en la ciudad.

–No puede ser. –Negué con la cabeza–. Se lo veía genuinamente afligido. No me puedo creer algo así de él.

–Señora Miller –dijo Maud en un tono teñido de lástima–, si alguien puede entender esa costumbre de algunos hombres de tener una amiga especial además de su esposa, es usted.

Yo me ruboricé y bajé la vista hacia la mesa.

–Estoy segura de que Stan no...

–Eso es porque usted es su esposa, querida. –Maud me dio unas palmaditas en la mano–. Todo el mundo tenía más que claro que, por desgracia, el afecto de su marido estaba enfocado hacia otra persona.

Pese a mis deseos de persistir en mi negativa e insistir en que Stan no era esa clase de hombre, y que era incapaz de semejante hipocresía, no pude hacerlo. Porque sabía que, seguramente, lo que decía era cierto. Me alegraba de que, al menos, una persona en el pueblo se hubiera percatado de que mi matrimonio estaba acabado, y no porque yo hubiera perdido los estribos y lo hubiera enterrado bajo mis patatas.

—La señora Garrett cree que si mi marido dejó de prestarme atención fue por mi culpa.

Luke se revolvió en la silla y, al instante, me arrepentí de mis irreflexivas palabras. Era él quien me había confiado lo dicho por la señora Garrett. Flaco favor le hacía repitiendo sus palabras.

—¡Bobadas! —exclamó Maud—. Hizo usted todo lo que pudo. Ahora debería hacer lo mismo que la señora Simpson y conseguir uno de esos divorcios. Dudo que encuentre tan buen partido como ella, es decir, un príncipe, pero a lo mejor conoce a un hombre mucho más bueno con el que llenar la casa de bebés.

Creía que era imposible sentir más vergüenza, pero me equivocaba. Ese término se quedaba corto. De lo último que quería hablar delante de Luke era de mi marido, de nuestro matrimonio y de mi incapacidad para quedarme embarazada a pesar de los muchos años que habíamos pasado juntos. Aunque, por supuesto, había que tener en cuenta que Stan había estado en el extranjero durante gran parte de nuestra vida en común.

—Gracias, señora Burnett —murmuré—. No le quepa duda de que tendré en cuenta sus consejos.

—Tal vez yo pueda ayudar —se ofreció Luke.

—¿Usted? —espeté.

—No todo el mundo se siente cómodo hablando con la Policía —dijo él—. Tal vez si voy a la empresa de su marido, su jefe hable conmigo. Por lo general, a la gente no le importa charlar con un vicario.

—Ah, no; no se lo puedo permitir. —Meneé la cabeza con vehemencia—. Aunque es muy amable por su parte.

La señora Burnett dio una palmada.

—No diga tonterías, ¡es una idea excelente! Tiene que ir a Londres mañana mismo, vicario. ¿Cómo va a encontrar la señora Miller un marido más adecuado mientras siga casada con Stan?

—Estoy segura de que el vicario tiene cosas mejores que hacer, señora Burnett —protesté.

—Déjese de monsergas. —Maud se llevó la mano al corazón—. Lo único que tiene que hacer, vicario, es encontrar pruebas que permitan a la señora Miller liberarse de su espantoso matrimonio, para que pueda volver a ser feliz.

—No creo que...

Maud blandió su mano frente a mi rostro.

—Piensa usted demasiado. ¿No viviría más tranquila sabiendo lo que le ha pasado a Stan?

—Sería un placer ayudarla —insistió Luke—. Si está usted de acuerdo, desde luego, señora Miller.

De hecho, me parecía una idea totalmente espantosa, que solo contribuiría a empeorar las cosas. Prefería mantenerme ocupada en Westleham e intentar apartar a Stan de mis pensamientos. Aunque creía que la señora Burnett tenía razón y que mi marido se había escapado con otra mujer, no tenía deseo alguno de que me lo confirmaran. Ninguna mujer querría que le dieran pruebas de que había sido incapaz de evitar que su marido la abandonara.

Miré a Luke, que sonrió y afirmó de manera alentadora con la cabeza, y luego a la señora Burnett, que tan solo parecía esperanzada. ¿Qué se sentiría al ser libre, desvinculada de Stan y de nuestro espantoso matrimonio? ¿Conseguiría entonces reunir el valor para ver si mi incipiente amistad con Luke podía convertirse en algo más?

También quería seguir a Charles Warren y averiguar si había algo de cierto en los rumores que corrían sobre él. Tal vez pudiera subirme al mismo tren que Luke, como por casualidad.

–Si está seguro de que no le importa involucrarse, se lo agradecería mucho, vicario. Quizá sea mejor conocer la verdad en lugar de vivir en esta especie de limbo. ¿Va a coger el tren de la hora punta a Londres?

Luke se puso en pie.

–Ese mismo. Y ahora, si me disculpan, señoras, tengo que marcharme. Cuando uno es nuevo en una parroquia, hay muchas cosas que hacer.

–Eso sí que es dedicación. –Maud apoyó un codo en la mesa con expresión extasiada.

–Lo acompaño a la puerta. –Antes de abrirla, me dirigí a Luke en un susurro–: Mañana por la mañana, cogeré el mismo tren que usted.

–No lo he dudado ni por un instante, señora Miller.

Al día siguiente, a primera hora de la mañana, Ruby y yo salimos de casa para recorrer juntas la escasa distancia que nos separaba de la estación de tren. Al llegar a Slough, Ruby iría a trabajar como cada día, mientras que yo me quedaría en el tren hasta llegar a la última parada, en Paddington.

La noche anterior había llamado desde la cabina que había junto a la oficina de Correos y había dejado un mensaje para el inspector Robertson, en el que resumía lo que había averiguado con respecto a George Felton y lo informaba de que creía que era el responsable de los destrozos en los huertos del pueblo. Esperaba que él se ocupara de aquel asunto mientras yo pasaba el día fuera.

–Ahí está el señor Warren –comentó Ruby, mirando por la ventanilla mientras ocupábamos nuestros asientos–. Se lo ve fatal. Si te soy sincera, no creo que tenga una aventura.

–¿Te parece que es algo que se pueda saber a simple vista?

–Casi siempre –contestó ella con decisión.

–¿Crees que Stan se veía con otra mujer?

Mi corazón desbocado latió al mismo ritmo que el tren que aceleraba por la vía, mientras esperaba su respuesta, nerviosa.

—¿Por qué me preguntas por él justo ahora, Martha? —Ruby me miró con preocupación.

—Tú sabes mucho más que yo —expliqué—. Sobre las personas, las relaciones y esas cosas.

—La verdad es que no os veía lo suficiente como para formarme una opinión —contestó Ruby con cautela.

—Pero ¿qué sabías de él? —insistí.

—¿Por qué te importa tanto?

—Si me estaba siendo infiel, podría divorciarme.

—Podrías —dijo ella pausadamente—. Pero ¿lo harías? ¿Por qué te planteas ahora el divorcio?

—Por Maud Burnett —confesé.

—¿Por Maud, o por nuestro nuevo y atractivo vicario?

—Por los dos —reconocí, antes de que me diera tiempo a cambiar de opinión e inventarme algo.

—Pues me alegro. —Ruby me dedicó una sonrisa—. Llevas demasiado tiempo triste, Martha. Ha llegado el momento de vivir tu vida.

—Solo ha pasado un año —protesté.

—Stan lleva solo un año desaparecido —me corrigió Ruby—. Pero hace mucho más tiempo que eres infeliz.

Quería negarlo. En cualquier otro momento, habría recurrido a la lealtad hacia mi marido para decirle a Ruby que se equivocaba. Pero, al recordar el consejo de Luke sobre mi relación con ella, decidí ser sincera.

—Tienes razón. Por mucho que me cueste reconocerlo, nuestro matrimonio no era feliz. A lo mejor ha llegado el momento de dejar a Stan y nuestro matrimonio en el pasado.

Ruby me miró sorprendida.

—¿Te ha costado mucho admitirlo?

—Sí —contesté—. Es lo que solemos hacer, ¿no? Los británicos nos limitamos a decir que todo va bien, aunque no sea así.

—Siento mucho que Stan y tú no fuerais felices, Martha.

–¿Es por eso que tú todavía no te has casado? ¿Te preocupa acabar también en una relación desastrosa?

–Si me hubiera quedado más tiempo en casa, estoy segura de que papá y mamá habrían insistido en que encontrara a un hombre que cuidase de mí. Di las gracias al cielo cuando recibí tu carta y pude huir.

–No son malas personas.

–No, no lo son –convino Ruby–. Es solo que necesitaban más espacio para nuestros hermanos pequeños. Pero no por eso pienso apresurarme; quiero encontrar a un chico que me haga caer rendida a sus pies.

–¿Ninguno de esos con los que vas al cine lo ha conseguido todavía?

–No. –Miró por la ventanilla–. Todavía no.

Había algo que no me contaba, y quería saber qué era. Me devané los sesos para encontrar una manera de preguntárselo, pero no encontré las palabras. Me habían enseñado durante tantos años a no hablar de emociones que me resultaba difícil romper el círculo.

El tren se paró en Slough y Ruby se inclinó hacia delante y me dio un beso en la mejilla.

–Nos vemos esta noche, Martha.

Ante el inesperado gesto de mi hermana, me embargó una oleada de afecto. Parpadeé varias veces para reprimir mis lágrimas de pasmo, a tiempo de ver a un hombre que cogía a Ruby del brazo mientras ella caminaba por el andén. La sujetaba como si, de alguna manera, fuera su dueño. Mientras el tren abandonaba la estación, vi fugazmente el rostro de Ruby. Lo tenía apartado del hombre y pude ver su expresión con nitidez. Con gran consternación, me di cuenta de que era el vivo reflejo de la desdicha.

8

Luke esperó a que yo bajara al andén de la abarrotada estación de Paddington y enseguida me cogió del brazo.

–Deprisa. El señor Warren ya ha salido del tren.

Con los brazos entrelazados, nos abrimos paso apresuradamente entre la multitud, que en su mayor parte estaba formada por hombres con maletines, elegantes sombreros y zapatos lustrosos que se dirigían a sus oficinas en Londres. Había varias mujeres vestidas para ir a trabajar, y varias que parecían dirigirse a la ciudad para ir de compras. Sin embargo, todo el mundo tenía algo en común: estaban tan enfrascados en sus propias vidas y asuntos que no prestaban atención alguna ni a mí ni al atractivo vicario que me acompañaba.

–¿Lo ve? –pregunté cuando llegamos al pie de un tramo de escalera.

–Sí. Vamos, deprisa.

Luke me indicó que subiera la escalera delante de él y yo llegué arriba casi sin aliento. Él volvió a entrelazar su brazo con el mío al tiempo que salíamos a la luz del día. Al cabo de un momento, Charles Warren entró en un edificio y Luke y yo nos paramos en seco.

–¿Y ahora qué?

–Voy a entrar y preguntar por él.

–¿No será muy descarado?

–Diré que somos amigos, que lo he visto en la calle y me gustaría quedar con él para comer. No es una mentira flagrante. –Luke me miró con expresión preocupada–. ¿Estará bien aquí sola mientras entro?

–Vengo a menudo sola a Londres.

Él me dedicó una mirada dubitativa.

–Si usted lo dice.

Asentí, y Luke procedió a entrar en el edificio.

No se equivocaba al desconfiar de mis palabras. «A menudo» era una exageración. Había ido a la ciudad en una ocasión para cenar con Stan, el jefe de su departamento y varios colegas más después del trabajo. Envalentonada por aquella excursión, había cogido el tren varias semanas después y había sorprendido a Stan en su despacho. Sin duda se había quedado atónito, aunque no pareció agradarle mi visita.

–¿Cómo ha ido? –le pregunté a Luke cuando salió unos minutos después.

–Charles es abogado. Trabaja para Marshall y Reynolds en el tercer piso.

–Y ¿qué hacemos ahora?

Luke miró por encima de mi hombro.

–Hay una cafetería en la otra acera. ¿Le parece que nos sentemos allí y observemos qué hace a la hora del almuerzo?

–Podría tardar horas en salir a comer.

–No le hemos dado muchas vueltas a nuestro plan, ¿eh?

Me reí.

–Para nada.

–Señora Miller. –Señaló el café de enfrente–. Deje que la invite a una taza de té. De té de verdad, con tanto azúcar como quiera.

Sonaba maravilloso, y no tuve que pensarme ni un segundo la respuesta.

–Me encantaría. Gracias, vicario.

Encontramos un paso de peatones y nos apresuramos a cruzar la calle. Luke me sujetó la puerta para que pasara. Una vez sentados, se volvió hacia mí con el semblante serio.

–¿Le parece que, mientras no estamos en el pueblo, utilicemos nuestros nombres de pila? Lo de llamarla «señora Miller» me suena muy estirado, aunque sé que tan solo hace unos días que nos conocemos.

—Supongo que no le hacemos daño a nadie —convine.

Una camarera se acercó y nos dedicó una sonrisa radiante.

—¿Qué les pongo?

—¿Qué quiere usted, Martha?

A Luke le brillaron los ojos al decir mi nombre. Por un instante, se me olvidó cómo hablar. Dejé de lado mis preocupaciones de que nuestra incipiente relación no fuera del todo apropiada y me aclaré la garganta.

—Una taza de té y un *scone* de queso, por favor.

—Yo tomaré lo mismo, gracias.

La camarera dobló la rodilla imitando una reverencia.

—Como deseen, señor, señora.

¿Estaba mal fingir, tan solo mientras estábamos en la cafetería, que yo no era la señora Martha Miller de Casa Tulipán, en Westleham, y Luke no era el vicario Luke Walker de la misma parroquia? ¿Podía imaginar que era tan solo una joven normal, y que él era un hombre estupendo que quería conocerme mejor?

La puerta, que quedaba a la espalda de Luke, se abrió, y un hombre al que reconocí vagamente entró en el café.

—¿Señora Miller? Es usted Martha Miller, ¿verdad?

Luke me miró con recelo.

—¿Quién es? —susurró.

No me dio tiempo a contestar su pregunta antes de que el hombre se plantara junto a nuestra mesa.

—Hola —lo saludé.

—Sí que es usted. —Me dedicó una sonrisa, como si fuéramos un par de amigos que hacía mucho que no se veían, mientras yo me esforzaba por ubicar su rostro y ponerle nombre, rebuscando en lo más hondo de mi memoria—. Madre mía, hace... ¿Cuánto tiempo hace?

—Bastante, sí —murmuré.

—Supongo que no nos hemos visto desde esa cena. —Tosió, incómodo—. Esos eventos siempre son aburridos, pero uno no puede negarse a asistir.

Aunque seguía sin recordar su nombre, me había dado suficiente información para deducir que era uno de los compañeros de trabajo de Stan.

—La comida estaba deliciosa —comenté con sinceridad, mientras trataba frenéticamente de encontrar algo más que decir que no me hiciera parecer una completa idiota.

—¿Les importa si me siento con ustedes? —preguntó, dirigiéndose a Luke.

—Claro que no. —Luke señaló la silla libre—. Por favor. Soy Luke Walker, el vicario de la señora Miller.

—Encantado de conocerlo, vicario. —El hombre, vestido con un elegante traje, le estrechó la mano—. Gilbert Newberry. Trabajaba con el marido de la señora Miller en el banco antes de que...

Se volvió hacia mí con una mirada cargada de pena.

—Antes de que Stan desapareciera —terminé la frase—. No pasa nada, señor Newberry. El vicario lo sabe todo sobre la repentina desaparición de Stan. De hecho, por eso hemos venido a la ciudad.

—Ah, ¿sí? —Gilbert Newberry me miró con el ceño fruncido—. ¿Para qué?

—Tenía la esperanza de poder hablar con las personas con las que Stan trabajaba —explicó Luke—. Por lo que tengo entendido, la Policía no fue capaz de establecer un motivo que justificara su súbita huida. He pensado que, quizá, si pudiera hablar con sus amigos, estos se mostrarían más abiertos conmigo.

—¿Porque es un vicario?

—En efecto.

—¿Sabe usted alguna cosa, señor Newberry? —pregunté, porque de pronto, después de tanto tiempo sin saber, y sin querer saber, sentía la desesperada necesidad de resolver el misterio.

Ruby tenía razón. Llevaba demasiado tiempo siendo infeliz. Hacía mucho que había llegado el momento de tomar el control de mi miserable vida.

La camarera volvió con lo que habíamos pedido y tomó nota de lo que quería el señor Newberry. Él esperó a que se fuera antes de hablar.

—Solo sé lo que le conté a la Policía.

—¿Y qué les contó?

Gilbert se removió en el asiento, incómodo, y se pasó el dedo por el cuello de la camisa.

—¿Está segura de que quiere saberlo?

—Más que segura —dije con una voz que sonó con más fuerza de la que pudiera haber esperado—. Me temo que la Policía apenas me contó nada.

—En las semanas previas a su desaparición, el comportamiento de Stan cambió de una manera evidente. —Gilbert miró a Luke, que le hizo un sutil gesto de asentimiento—. A mí no me lo contó, claro, pero otro compañero de trabajo me dijo que tenía intención de mudarse a Brighton.

—¿A Brighton? —pregunté, y procedí a parpadear varias veces para aclararme la vista.

Una cosa era creer algo durante más de un año y otra muy distinta que te confirmaran no solo que era verdad, sino también que tu marido había planeado huir y dejarte plantada. La tristeza y la ira se disputaron el dominio de mi mente. Me apenaba que nuestro matrimonio hubiera fracasado, pero también estaba enfadada por haber pasado años casada con un hombre que huía de sus responsabilidades.

—Sí. —Gilbert se ruborizó y bajó la vista hacia la mesa—. Lo lamento mucho, señora Miller. Me imaginaba que tal vez le sorprendiera. ¿La Policía no se lo comentó?

—No —confirmé—. Aunque no entiendo por qué iban a ocultarme una información tan relevante.

—A lo mejor pensaron que se disgustaría al saber que Stan tenía planeado mudarse.

—Me disgusta más que la mitad del pueblo donde vivo crea que es culpa mía que Stan no volviera a casa. —Las mejillas me ardían de la vergüenza—. Sin duda habría preferido que supieran la verdad.

–Bueno, ya..., claro –balbuceó Gilbert–. Entiendo lo difícil que debe haber sido para usted. Sin embargo, por lo que yo sé, la Policía no encontró ni rastro de Stan en Brighton, así que esa pista se agotó.

Le di un sorbo al té y levanté la barbilla.

–¿Me equivoco al creer que había otra mujer?

–No sé nada de eso –se apresuró a responder Gilbert. ¿Demasiado deprisa?

–A estas alturas, prefiero saberlo.

–La señora Miller se encuentra en una situación precaria debido al abandono de su marido –intervino Luke–. Ese es uno de los motivos por los que hoy esperaba averiguar algo más.

–¿En qué sentido?

–Tanto en la cuenta bancaria como en la escritura de la casa consta solo el nombre de Stan –murmuré. Tener que hablar de mis problemas económicos me daba una vergüenza terrible, pero me obligué a continuar–: Me he visto forzada a aceptar una inquilina para poder pagar la hipoteca y las facturas. Me cuesta mucho llegar a fin de mes.

–No sabe cuánto lo lamento. –Gilbert miró a la camarera, que se acercaba con lo que había pedido–. Si supiera algo más, no le quepa duda de que se lo contaría. No he oído a nadie hablar de otra mujer, solo que Stan tenía pensado mudarse a Brighton. Me temo que ha pasado tanto tiempo que ni siquiera recuerdo quién lo comentó.

–¿Le importa si voy a la oficina con usted? –preguntó Luke–. La señora Miller se lo agradecería mucho.

Gilbert me observó; sin duda debía de estar pálida como la nieve. Acto seguido, asintió.

–No sé si servirá de algo, pero será un placer ayudar en todo lo que pueda.

Empujé mi plato hacia Luke.

–Se me ha quitado el apetito. Puede comerse mi *scone*.

Luke sonrió, azorado.

—La señora Miller conoce mi debilidad por los dulces. Soy incapaz de rechazarlos.

—Me imagino que las señoras del pueblo acuden en tropel a la vicaría con *scones*, tartas y demás, ¿verdad? —A Gilbert se le dibujó una sonrisa cómplice en el rostro.

—Hace poco que vivo en Westleham —contestó Luke—. Pero es lo que suele pasar cuando un nuevo vicario llega a una parroquia.

Gilbert nos dedicó a los dos una mirada de curiosidad que fui incapaz de interpretar. Sin duda, Luke parecía saber mucho sobre mí y mis asuntos para ser solo el vicario. Pero, si a Gilbert le pareció raro que Luke estuviera dispuesto a implicarse tanto para ayudarme, no dijo nada al respecto.

Más tarde, Luke y yo desandamos el camino hasta la estación de Paddington. Por lo que habíamos visto, Charles no había salido de su edificio de oficinas, ni siquiera para comer.

Gilbert se había llevado a Luke al banco y le había presentado a varios de los empleados que habían trabajado con Stan. La persona que había comentado que Stan se iba a mudar a Brighton ya no trabajaba allí. Luke me aseguró que se trataba de un hombre y que nadie tenía su dirección. Aunque era un callejón sin salida que resultaba frustrante, yo no disponía del dinero necesario para contratar a un detective privado que encontrara a Stan o a su compañero de trabajo.

Cuando por fin Charles salió del edificio al acabar la jornada, Luke y yo lo seguimos a cierta distancia, pero no vimos nada inusual. El viudo había ido a trabajar y ahora volvía a casa. Si había una novia, no vimos ni rastro de ella.

Realizamos el trayecto de vuelta por separado por si acaso un vecino del pueblo subía al tren. Aunque el de Ruby salía mucho más tarde que aquel en el que viajábamos, eso no me impidió mirar por la ventana al acercarnos a Slough por si la veía a ella o al joven que se le había acercado aquella mañana. Estaba decidida a preguntarle por él cuando volviera a casa.

Al llegar a Westleham, observé a Luke bajar del tren y alejarse por el andén. Charles Warren descendió antes que yo, con la cabeza agachada. Aunque Luke y yo íbamos con mucho cuidado para que no nos viera, Charles estaba tan perdido en sus pensamientos que no creía que se hubiera dado cuenta si el mismísimo rey Jorge hubiera echado a andar junto a él.

—No podemos seguir calle abajo —susurré al reunirme con Luke cerca de la taquilla—. Alguien nos verá juntos, o nos pillará siguiendo a Charles.

—Iré a la oficina de Correos y entraré en la cabina, como si fuera a hacer una llamada. Usted vuelva a casa como si no pasara nada. Así, gire a izquierda o derecha, uno de nosotros podrá seguirlo.

—Seguro que va directo a casa, ¿no? —dije—. Mire al pobre hombre. Apenas puede caminar con la cabeza erguida. Está agotado.

Esperamos escondidos cerca de la estación de tren hasta que Charles y los demás viajeros llegaron al final del camino que llevaba a la calle principal que recorría Westleham. Yo fui la primera en echar a andar tras él y, para mi sorpresa, Charles no se fue directo a casa.

Al llegar a la iglesia, rodeó la parte trasera del hermoso edificio de piedra blanca. Se me encogió el corazón cuando me di cuenta de adónde iba. Me asomé por una esquina del muro para ver el cementerio y distinguí a Charles desmoronado en el suelo, junto a un túmulo de tierra recién excavado.

Como la vista para determinar la causa de la muerte todavía no había tenido lugar, el cuerpo de Alice seguía retenido y no podían enterrarla. (Peter Cameron, que además de ser el sepulturero trabajaba de manitas, debía de tener muy poco trabajo aquella mañana para haber terminado de excavar la tumba con tanta antelación). Como no podía ir a ningún sitio a visitar el cuerpo de su mujer, Charles había tomado la desgarradora decisión de acudir al que, en último extremo, sería el lugar de su eterno reposo.

Me llegó a los oídos el sonido de su llanto, y, con la sensación de estar violando su intimidad, me apresuré a volver a la calle que llevaba a mi casa.

Apenas había llegado a mi verja cuando apareció Maud, que se acercó a toda prisa desde su casa.

—¡Señora Miller! ¿Dónde diantres ha estado todo el día?

—¿Yo? Pues... —Estuve a punto de decirle que había estado de compras en la ciudad. Era una mentira flagrante, dado que, aparte de mi pequeño bolso, no cargaba con nada más—. Tenía cosas que hacer en Londres. Relacionadas con Stan..., esto, con el señor Miller.

—Excelente. Me alegro. Ah, mire, ahí está el vicario. ¡Yuju!

Me horroricé al escuchar la manera en la que saludaba a Luke, en un tono capaz de detener el tráfico. Él le devolvió el saludo con la mano desde el otro lado de la calle.

—Buenas tardes, señora Burnett.

—¡Tiene que venir a casa de la señora Miller de inmediato! —exclamó Maud.

Luke se apresuró a cruzar y me dedicó una mirada de interrogación. Yo encogí un hombro para indicarle que no sabía a qué se debía la excitación de la señora Burnett.

—¿Entramos?

—Sí, por favor —insistió Maud.

—¿Ha pasado algo? —pregunté mientras rebuscaba mi llave en el bolso.

Aquella mañana, se me había hecho raro echar la llave al marcharme, pero, tras la muerte de Alice, había decidido que debía ir con más cuidado. Stan habría estado orgulloso de mí.

—Sí —dijo Maud en tono apremiante—. Ha pasado algo terrible.

Al final encontré la llave, la metí en la cerradura y abrí la puerta. Lizzie se acercó trotando por el pasillo para recibirnos. No estaba acostumbrada a pasar el día entero sola y, al ver llegar a tres personas al mismo tiempo, se dejó llevar por la emoción.

–Será mejor que la deje salir –comenté.

–Señora Miller –dijo Maud con brusquedad–, debo insistir en que se siente a la mesa de la cocina con el vicario mientras les explico lo que ha ocurrido en su ausencia.

El rubor me tiñó las mejillas. ¿Era posible que alguien nos hubiera visto a pesar de nuestras precauciones? Me dejé caer en una silla sin ni siquiera poner la tetera a hervir. No quería alargar la visita de Maud ni un segundo más de lo necesario.

–¿Qué ha ocurrido, señora Burnett? –preguntó Luke con calma.

¿Cómo podía estar tan tranquilo cuando yo tenía la sensación de que todo mi mundo estaba a punto de desmoronarse a mi alrededor?

–Es la señora Harrington. –Maud hizo una pausa dramática.

–¿Sí?

–Está muerta.

–¿Muerta?

Me erguí en la silla y miré a Luke, en cuyo rostro se reflejaba la misma conmoción que estaba segura que traslucía el mío.

–Sí –confirmó Maud–. Del todo.

–Qué tragedia más espantosa. –Luke meneó la cabeza. Por una vez, su serenidad flaqueó y paseó la mirada por la cocina como si buscara algo apropiado que decir, antes de fijarla en la señora Burnett–. El señor Harrington debe estar destrozado. Madre mía, sus pobres hijos.

–La madre de la señora Harrington ya ha venido y se ha llevado a los niños con ella. Por lo visto, el señor Harrington estaba desconsolado. –Maud disfrutaba siendo la encargada de comunicarnos aquellas noticias.

–¿Se sabe qué ha pasado?

–Bueno, como bien sabe, no me gusta difundir rumores –Maud se inclinó hacia delante, como si no se diera cuenta de la ironía de lo que acababa de decir–, pero esto me lo ha contado la señora

Felton, que todos sabemos que es muy amiga de la mujer de la limpieza del doctor. Parece ser que se ha envenenado con los sobrecitos que le dio el médico para dormir. Ese inspector tan atractivo se ha pasado la tarde interrogando al doctor Briggs.

—¿Veneno? –pregunté con sequedad.

—Qué situación más horrible –dijo Luke.

Pasó la mirada con lentitud de la señora Burnett a mí, como si le costara asimilar los hechos que nos estaba contando Maud.

—Se han perdido toda la acción –se pavoneó ella, como si el pueblo fuera un cine y nosotros hubiéramos salido durante la mejor parte de la película.

—¿Es posible que a la señora Harrington la hayan envenenado por el mismo método que a la señora Warren?

—Al haber dos envenenamientos, diría que es más que probable.

Lo primero que sentí fue alivio. Si Elsie había muerto de la misma forma que Alice, eso quería decir que yo ya no era sospechosa, ¿verdad? La vergüenza me embargó en el momento en que la gravedad de la situación se impuso a mis intereses egoístas.

—Será mejor que vaya de inmediato a casa de los Harrington.

Luke se puso en pie y se marchó apresuradamente.

—Yo tampoco me puedo quedar, señora Miller.

Maud se movió más deprisa de lo que una mujer de su edad tenía derecho a hacer.

Yo me dirigí de forma mecánica a la puerta trasera para dejar salir a Lizzie y me senté en el escalón mientras mi perra corría feliz por el jardín, parándose cada dos por tres para olisquear un trozo de hierba.

¿Qué significado tenía aquella noticia? Tanto la señora Warren como la señora Harrington habían muerto, al parecer ambas envenenadas. ¿Acaso había un asesino en serie en el pueblo? Y, de ser así, ¿a quién le tocaría a continuación?

9

Apenas había tenido tiempo de reflexionar sobre aquel nuevo incidente cuando alguien empezó a golpear mi puerta de una manera que no presagiaba nada bueno. No me cabía duda de que se trataba del inspector Robertson, que venía a pedirme mi coartada para ese día.

La indecisión ralentizó mis pasos mientras dejaba a Lizzie en el jardín y me dirigía a la parte delantera de la casa. Al abrir la puerta, mis miedos se confirmaron. El inspector estaba en el umbral con dos agentes uniformados.

—Buenas tardes, inspector.

—Señora Miller. —Se levantó el sombrero a modo de saludo—. ¿Podemos entrar?

Yo asentí y me aparté para dejarlos pasar. Con la cabeza gacha, cerré la puerta a su espalda. No me hacía falta mirar a la calle para saber que, una vez más, era la comidilla del pueblo. Tras la muerte de Stan, había sido un bicho raro durante muchos meses. Los maridos de los pintorescos pueblecitos ingleses no abandonaban a sus mujeres sin más. Y esas mujeres tampoco transformaban su jardín en un huerto. Aunque durante la guerra había sido aceptable que trabajara la tierra, en tiempos de paz era algo que no se veía con buenos ojos. Mi único deseo era ser tan anónima y anodina como durante mi matrimonio con Stan.

Los precedí al interior de la sala y me senté en mi sillón favorito, junto a la ventana.

—¿En qué puedo ayudarlo?

Era una pregunta ridícula. El motivo por el que estaba allí, acompañado de dos agentes uniformados, era evidente. Había venido a detenerme. Intentando no revelar el miedo que sentía, entrelacé las manos sobre el regazo para que dejaran de temblar.

–¿Dónde ha pasado el día?

–De compras en Londres. –La mentira surgió automáticamente de mi boca.

–Señora Miller –dijo el inspector con una paciencia exagerada–. La he visto caminar por la calle, tomar un extraño desvío hasta la parte de atrás de la iglesia y luego venir a su casa. Y no llevaba ninguna bolsa.

–No he encontrado nada que comprar.

Él arqueó una ceja.

–¿No había nada que le gustara en ninguna de las tiendas de Londres?

–Yo no he dicho eso –repuse, recuperando la confianza a medida que mi mentira iba tomando forma–. Me han gustado muchas cosas, pero me temo que no podía permitírmelas.

–¿Me está diciendo que ha cogido un tren hasta Londres para mirar cosas que no puede pagar?

–Sí, justo eso.

–En ese caso, tal vez recuerde el nombre de alguna de las tiendas donde ha estado mirando cosas que no puede permitirse.

Su tono mordaz me dejó claro que el inspector no era tonto. Uno de los agentes se rio disimuladamente y yo deseé ser lo bastante lista como para haberme inventado una excusa mejor para haber pasado el día entero fuera.

No podía confesar que había estado con el vicario. Era de lo más inapropiado. Lo último que quería era airear la humillación que había experimentado al descubrir que Stan había planeado abandonarme y mudarse a Brighton.

–No, lo siento. –Sonreí para disimular mi creciente incomodidad–. Estaba tan distraída curioseando que no he prestado atención al nombre de las tiendas en las que entraba.

–Eso la pone en una difícil tesitura, señora Miller.

–Ah, ¿sí? ¿Y eso por qué?

—Mientras estaba usted ausente, ha habido otro asesinato en el pueblo.

Si me había visto bajar por la calle y seguir a Charles Warren a la iglesia, sin duda sabía que Maud había venido a verme en cuanto había llegado a casa. Así que, en este caso, decidí ceñirme a la verdad.

—Me he enterado de la noticia. Es espantoso.

—Siendo como es una mujer inteligente, estoy seguro de que sabe que tengo que pedirle una coartada a todo el mundo. En especial a alguien como usted, pues, por lo que me han contado, la señora Harrington la atacó verbalmente el domingo.

—Eso le da más bien a ella un motivo para matarme a mí.

—Tiene toda la razón. —Agachó la cabeza, pero, antes de que pudiera regodearme en mi ínfima victoria, sus ojos destellaron—. Si la muerta fuera usted, y a quien estuviera interrogando fuera a la señora Harrington.

—Sí, ya veo lo que quiere decir. —Me puse en pie—. Discúlpeme. ¿Dónde están mis modales? Voy a preparar té. ¿Quién quiere...?

—Siéntese, señora Miller.

Me dejé caer en el sillón al tiempo que un escalofrío de temor me recorría la columna, poniéndome los pelos de la nuca de punta.

—Creo que hemos establecido que no tiene usted coartada para el día de hoy. Tal vez quiera explicarme cómo es posible que la señora Harrington tuviera una botella de su ginebra de ciruela en la mesita de noche.

Parpadeé varias veces. ¿Ginebra de ciruela? ¿Sin coartada?

Bueno, eso no era del todo cierto. Sí que tenía coartada, era solo que no quería abochornar a Luke o ponerlo en una situación peliaguda al reconocer que habíamos pasado el día juntos en Londres. A pesar de que nuestra misión tenía todo el sentido, quería proteger la reputación del vicario, así como la mía. Seguro que había una manera de darle al inspector una explicación satisfactoria de por qué era imposible que hubiera matado a Elsie, sin necesidad de implicar a Luke. Si alguien sabía lo que se siente cuando tu reputación es la comidilla del pueblo, era yo. Y bajo ningún concepto quería ver expuesto al vicario a esa misma deshonra.

En cuanto a la ginebra, mis pensamientos volaban. Había donado bastantes botellas para la feria del pueblo y, por supuesto, Joe Noble las vendía en el *pub*. Me parecía mezquino desviar la atención hacia Joe, dado lo que me había dicho acerca de la afición de Elsie a la bebida.

—A lo mejor cogió una botella después de la feria.

—¿Por qué iba a hacer eso, después de ver morir a la señora Warren?

—Si la hubiera adquirido en algún otro sitio antes de la feria, ¿por qué iba a quedársela si creía que estaba relacionada con la muerte de la señora Warren? —Alcé la barbilla—. ¿Acaso se supone que la causa de su muerte tiene algo que ver con mi ginebra de ciruela? Me han dicho que el veneno estaba en sus polvos para dormir.

—Al principio nos figuramos que el vaso con un líquido transparente que había junto a su cama contenía agua, y que la había utilizado para mezclarla con sus polvos. Luego he encontrado la botella de ginebra.

—Entonces, ¿no han descartado que estuviera en el vaso de agua? —Entorné los ojos al tiempo que la ira reemplazaba mi miedo—. ¿Por qué está aquí haciéndome preguntas sobre mi ginebra cuando no sabe con certeza qué la ha matado?

—Estoy seguro de que entiende que, en estos momentos iniciales, lo que necesitamos es recabar pruebas. El vaso de casa de la señora Harrington, así como el que utilizó la señora Warren, se analizarán en busca de veneno.

—¡Eso es absurdo! —El torbellino de emociones que llevaba todo el día reprimiendo se desató—. ¿Cómo se atreve a sugerir que mi ginebra tiene algo que ver con cualquiera de las dos muertes? Mucha gente bebió mi ginebra de ciruela en la feria y no experimentó ningún efecto. En cuanto al hecho de que la señora Harrington tuviera una botella junto a la cama, es posible que en algún momento hubiera contenido mi ginebra, pero ¿quién sabe con qué la ha llenado desde entonces? Sabe muy bien que la señora

Harrington me tenía antipatía. Así que, por favor, dígame: ¿cómo cree usted que he conseguido entrar, no solo en su casa, sino en su dormitorio, para echar el veneno en la botella?

—Como le he dicho, estamos en la fase inicial de recopilación de pruebas. —Hablaba con voz serena y razonable, cosa que no hizo más que aumentar mi frustración.

—En lugar de sentarse a aquí a insultarme a mí y a mi ginebra, ¿por qué no cruza la carretera y va a hablar con George Felton? —espeté—. Supongo que recibió el mensaje que le dejé por teléfono, ¿no?

—¿Qué mensaje?

—Por el amor de Dios —estallé—. No debería ser yo quien hiciera su trabajo.

—¿Puede explicarse?

Brown nos miró alternativamente a mí y a los dos agentes, que permanecían de pie a su izquierda. La fuerza con la que se agarraba al brazo de la butaca me indicó que estaba a punto de perder los estribos. Esperaba que estuviera enfadado con sus colegas y no conmigo. Había una especie de frialdad férrea en aquel hombre que me intrigaba y me aterrorizaba en la misma medida.

—Le dejé un mensaje de las pruebas que había recogido sobre George Felton, que vive aquí enfrente. —Señalé con la cabeza a través de la ventana de mi izquierda—. Creo que es el responsable de los destrozos en los huertos del pueblo.

—Con todos mis respetos, señora Miller —el inspector Robertson hizo una mueca con la boca, como si le costara mucho no reírse de mí—, estamos investigando dos asesinatos. El vandalismo no es algo que nos interese en estos momentos.

—Pues debería, y voy a enseñarle por qué.

Cogí el cesto de mi labor, que descansaba junto al sillón, e introduje la mano hasta el fondo, donde había escondido las notas de la reunión del comité que involucraban a George. Aunque había cerrado la puerta con llave, no quería dejar nada al azar, así que había ocultado los papeles en un sitio en el que esperaba que a nadie se le ocurriera mirar.

—El día después de la feria fui a ver a la señora Leaming para saber quién había ganado los premios. Me sorprendió ver el nombre de George como ganador con sus habas, porque, a principios de año, se quejó de que un vándalo las había arrasado.

El inspector se inclinó hacia delante. Era evidente que había conseguido despertar su interés.

—Prosiga.

—El señor Warren me ofreció la documentación del comité que guardaba su esposa. Cuando encontré las actas de la reunión de mayo, descubrí que, en efecto, George había asegurado que eran sus habas las que habían quedado destrozadas.

—¿Y la señora Warren lo sabía?

—Tenía en su casa el documento que probaba que era mentira. Si yo me acordaba de lo que él había dicho, es posible que ella también. A lo mejor amenazó a George con revelar su mentira en la feria y darle el premio a otra persona, y él la mató antes de que pudiera hacerlo. Qué sé yo. Como ha señalado usted mismo, es trabajo suyo investigar los delitos importantes.

Él parpadeó cuando mi intencionado dardo dio en la diana.

—¿Está George relacionado de alguna manera con la señora Harrington, que usted sepa?

—Es el jardinero de los Harrington. Y, aunque trabaja al aire libre, estoy segura de que tiene acceso a la casa. Si lo que se rumorea en el pueblo sobre la afición de la señora Harrington a la bebida es cierto, eso explicaría la ginebra junto a su cama. Tal vez George conociera su inclinación por el alcohol y supiera que eso le proporcionaba oportunidades de sobra para matarla.

—¿Qué motivo podía tener para hacerlo?

—Lo ignoro, inspector. Supongo que será capaz de encontrar uno sin mi ayuda, ¿verdad?

En su rostro se dibujó una sonrisa, que realzó su atractivo.

—Investigaré al señor Felton. —Me señaló con el dedo al tiempo que añadía—: Pero no crea que he acabado con usted.

Tras acompañar a los policías a la puerta, volví a salir al jardín.

Lizzie se me acercó corriendo y frotó el hocico contra mi mano. A pesar del alivio que sentía por haber evitado tener que admitir que había pasado el día con el vicario, seguía preocupándome el hecho de que, por lo visto, alguien estuviera utilizando mi ginebra de ciruela para envenenar a los vecinos del pueblo. Me desconcertaba pensar que alguien me odiara tanto como para endosarme alegremente dos asesinatos.

—Lo sé, compañera. —Le acaricié la cabeza—. Otra persona muerta con mi ginebra cerca. Estoy metida en un lío de mil demonios.

Poco rato después, Ruby entró como una exhalación en la cocina.

—¡Martha! ¡No te lo vas a creer! ¡Acabo de ver cómo se llevaban a George Felton en un coche patrulla!

—¿Te has enterado de la otra cosa que ha pasado?

—¿Lo de la antipática de la señora Harrington?

—¡Ruby!

Ella separó las manos con las palmas hacia arriba.

—Tienes que reconocer que era inaguantable, Martha.

—Era muy desagradable conmigo —convine—, pero no por eso merecía morir.

—¿Quién sabe? A lo mejor hizo algo que al asesino no le gustó, y él se la cargó.

—¿Él?

—Casi siempre es un hombre, ¿no?

—Sí, supongo que sí. —Abrí la nevera—. Me temo que hoy solo tenemos ensalada para cenar, Ruby. Desde que he vuelto de la ciudad, no he tenido ni un momento para cocinar.

Ella se encogió de hombros.

—No me importa. Hace un calor de narices y tampoco tengo mucha hambre.

—¿Te puedo hacer una pregunta?

–Puedes preguntarme lo que quieras, Martha, pero no te aseguro que vaya a contestarte hasta que no sepa de qué va.

Tomé aire y me lancé antes de que me diera tiempo a cambiar de opinión y preguntar algo inofensivo.

–¿Quién era ese hombre con el que te he visto esta mañana?

Una expresión de culpabilidad inundó sus ojos antes de ponerse a mirar sus uñas.

–¿Qué hombre?

–El de la estación de Slough. He visto cómo te cogía del brazo.

Contuve el aliento. Ahora que nuestra relación estaba mejorando, no quería que Ruby se molestara conmigo debido a la pregunta, pero tenía que hacérsela. La forma en que aquel hombre la tocaba no me había gustado.

–Ah, ese. –Se quitó los zapatos de una sacudida–. No es nadie.

–Me ha dado mala espina.

–Es prácticamente inofensivo.

–¿Prácticamente? Ruby, no...

–Por favor, no te preocupes por mí. Lo tengo todo controlado. –Recogió sus zapatos y se dirigió a la puerta–. Voy a subir a cambiarme. De verdad, Martha, todo va bien.

Su reticencia a decirme ni que fuera su nombre me dejó claro que las cosas no iban bien. Solo podía esperar que Ruby supiera lo que se hacía.

Al día siguiente, bajé al *pub* justo antes de que abrieran. Quería que Joe Noble me explicase lo que había hecho con las botellas sobrantes después de la feria. Teniendo en cuenta la brusquedad con la que esta había terminado, debía haber quedado más de una.

Me dirigí a la parte de atrás. Florence estaba tendiendo la colada en el pequeño patio.

–Ah, señora Miller, buenos días.

—Buenos días, Florence. Me preguntaba si podría hablar un momento con tu padre, por favor.

—¿No habrá venido a contarle mi...? Ya sabe, mi secreto.

—Claro que no —la tranquilicé—. Te dije que no lo haría.

—Iré a buscarlo. —Florence me sonrió, pero se paró al llegar a la puerta—. A mamá no le va a gustar que se ponga a charlar cuando debería estar dentro preparándolo todo para abrir el *pub*.

—Será solo un momento, te lo prometo.

Joe salió enseguida con su hija.

—¿Qué ocurre, señora Miller? Estoy muy ocupado.

—¿Cuándo fue la última vez que los de la cervecera vinieron a verle?

Me había pasado la noche entera pensando en la mejor manera de sacar el tema de la venta ilegal de alcohol con el señor Noble y, al final, había decidido ser directa.

Él se puso rojo.

—Hace un tiempo.

—¿Cierra la bodega con llave cuando vienen a inspeccionar su *pub*? —Me froté la barbilla—. ¿O es de ellos? El *pub*, quiero decir. Nunca me aclaro.

—Vamos a ver, señora Miller —dijo Joe en tono apaciguador—. Me da la sensación de que sabe perfectamente cómo funcionan las cosas con la cervecera. ¿Por qué no suelta el motivo por el que ha venido?

—Pese a lo que quiso hacerme creer, la cervecera no le ha dado permiso para vender mis botellas de ginebra, ¿verdad?

—¿Qué le hace pensar eso?

—En caso contrario, no me cabe duda de que le habría contado al detective que la razón por la que había una botella de ginebra en el dormitorio de la señora Harrington era que se la había vendido usted. Y esa es también la razón de que supiera con certeza que es aficionada a la bebida, ¿verdad? Porque le vende mi ginebra.

—Estoy seguro de que podemos llegar a algún tipo de acuerdo —dijo bajando la voz, en un tono que ya no era de aplomo sino zalamero y un poco quejumbroso—. Nadie más tiene por qué saberlo. En especial mi mujer.

—Tendrá que ofrecerme un buen trato. —Crucé los brazos sobre el pecho—. Si la cervecera lleva meses sin cobrar su parte, eso quiere decir que, lamentablemente, me ha pagado mucho menos de lo debido y se ha embolsado usted todos los beneficios.

—No es tan sencillo.

—Pues explíquemelo mejor —repuse—. Me imagino que no querrá que hable con el inspector y le explique cómo consiguió la señora Harrington hacerse con una botella de mi ginebra, ¿no? A menos, claro, que echara usted el veneno dentro antes de vendérsela.

—¿Qué motivo iba a tener yo para matar a la señora Harrington? —preguntó indignado, con una expresión de sorpresa ante mi inesperada acusación.

Yo separé las manos con las palmas hacia arriba.

—¿Y qué motivo tengo yo?

—Todo el mundo escuchó lo mal que la trató la señora Harrington tras la muerte de la señora Warren.

—Si tuviera que matar a todos los que han sido groseros conmigo en un momento u otro, no quedaría nadie vivo en el pueblo —repliqué.

Él se rio.

—Eso es cierto. La gente es bastante antipática con usted, y todo porque su marido se fugó con su amante.

—¿Qué sabe usted de eso? —pregunté con brusquedad.

—Oí a los polis hablar del tema. —Se removió, inquieto—. Por lo visto, el inspector ese cree que los vecinos son unos resentidos por haber sugerido que usted mató a Stan, cuando está claro que él...

Levanté una mano.

—Diría que con una vez basta.

—Perdone. —Agachó la cabeza—. Si le sirve de algo, su marido era un estirado maleducado que no habría sido capaz de reconocer algo bueno aunque lo tuviera frente a sus narices.

—Gracias, señor Noble. Es usted muy amable. —Sonreí, agradablemente sorprendida por las palabras del dueño del club. ¿Acaso había estado tan centrada en mi desengaño por la huida de Stan que no me había dado cuenta de que no todos los vecinos del pueblo pensaban lo mismo que Ada Garrett?–. Veamos, ¿qué vamos a hacer con el dinero que me debe?

–¿Es consciente de los problemas que tendría con la parienta?

–¿Es consciente usted de los problemas de dinero que tengo yo? –Me puse una mano en la cadera–. No quiero meterlo en un lío, pero todo el mundo en el pueblo sabe de mis dificultades económicas. Le propongo un trato.

–¿Un trato?

No parecía convencido, pero yo estaba decidida. Había encontrado la manera de desviar las sospechas que el inspector tenía sobre mí y, al mismo tiempo, recuperar el dinero que Joe me debía.

–Me aseguraré de que el inspector no le hable a la cervecera de sus trampitas para ganar más dinero.

–¿Y a cambio?

–Usted le dirá que la señora Harrington sacó la botella de ginebra de aquí, y me pagará lo que me debe. Hoy.

–Eso se parece mucho a un chantaje. –Se pasó la mano por su pelo ralo–. No estoy seguro de que sea justo.

–Bueno, a mí no me parece justo que haya abusado de mi amabilidad. Confié en usted cuando me dijo que la cervecera había accedido a que vendiera mi ginebra en su *pub*. ¡Si hasta estaba agradecida!

–Veré qué puedo...

–No me vale –espeté–. Si no deja de aprovecharse de mí, iré personalmente a la cervecera.

Eché a andar. Ruby se habría sentido orgullosa de mí. ¡La ratoncita Martha Miller estaba aprendiendo a no dejarse pisotear!

Esperaba que Joe accediera a darme el dinero, porque iba a proponerle a Ruby que fuéramos juntas a la ciudad aquel fin de semana a ver una película.

El único miedo que tenía, por pequeño que fuera, era que Joe hubiera matado a las dos mujeres. Si era así, acababa de despertar la ira de un asesino. Meneé la cabeza. Joe no tenía motivo alguno para matar a Alice y Elsie..., ¿verdad?

10

Después de comer, y a pesar del calor sofocante del hermoso día de verano, me puse a trabajar en el huerto, que tenía descuidado. Lizzie se tumbó a la sombra de mi enorme manzano.

–No alcanzo a entenderlo. –Arranqué una mala hierba especialmente tozuda que crecía en medio de mi ordenada hilera de remolachas–. No creo que George las matara. Sé que la Policía lo ha detenido, y el motivo es obvio. Pero, a pesar de lo agresivo que se mostró conmigo, sigo sin encontrarle sentido.

Lizzie abrió un ojo a medias, como si hubiera notado que la miraba. Dio un coletazo sobre el suelo y volvió a cerrar los ojos.

–La verdad es que no eres de mucha ayuda. Lo único que haces es tumbarte ahí a dormir. Lo que me hace falta es alguien con quien repasar todo lo que he averiguado. A lo mejor, si intercambiamos ideas, se nos ocurre una respuesta.

–Señora Miller. –La cabeza de Maud asomó por encima del seto que separaba nuestros jardines–. Supongo que sabe que esa perra nunca le contestará, ¿no?

Tragué saliva, muerta de vergüenza.

–Me gusta hablar con ella.

–Debería pasar más tiempo hablando con personas. –Maud me señaló con el dedo–. ¿Solucionó sus asuntos en la ciudad? ¿Con su marido? Tendría que esforzarse por vestir mejor. Como el día de la feria. Cuidar su aspecto es una manera muy efectiva de cazar a un hombre.

–Nunca he sido de las que se pasan horas delante del espejo –respondí–. Y, aun así, conseguí encontrar a un hombre.

–Y mire para lo que le ha servido.

Quería llevarle la contraria, ser una esposa leal y alabar a Stan de alguna manera. Por desgracia, me costaba mucho encontrar algo positivo que decir de él o de nuestro matrimonio.

–El sábado me fijé en cómo la miraba el vicario. ¿Quién iba a decir que debajo de esa ropa tan espantosa que suele llevar tiene usted unas piernas tan estupendas?

No estaba segura de cuál era la respuesta adecuada. Por supuesto, sabía que Maud se fijaba absolutamente en todo. Nada se le pasaba por alto. Aun así, me resultaba muy incómodo que prestara tanta atención a mi figura.

–Gracias. Es usted muy amable. –Hice un gesto con el brazo que abarcaba el huerto–. Ahora tengo que seguir con esto.

–Claro, no quiero entretenerla. –Sin embargo, Maud no desapareció en su propio jardín como yo había esperado–. Bueno, ¿y qué averiguó ayer en Londres nuestro encantador vicario?

Tenía que ir con cuidado con lo que le contaba. Sabía que repetiría todo lo que le dijera, seguramente con detalles de su propia cosecha, a todo el que quisiera escucharla, le importara o no yo y mi matrimonio.

–Nada relevante –dije–. Alguien insinuó la posibilidad de que Stan se hubiera trasladado a la zona de Brighton. Por lo visto, la Policía ya había recibido esa información y no pudieron verificarla. Así que me temo que no hemos avanzado nada.

–En ese caso, tiene que localizarlo –dijo con vehemencia–. No puede dejarlo correr ahora. Es indispensable que averigüe dónde se encuentra para entregarle los papeles del divorcio.

–Me temo que no es tan sencillo. Antes de poder divorciarme de Stan, tengo que demostrar que ha cometido adulterio. Eso, o esperar a que llevemos tres años separados. –La contemplé horrorizada. ¿Por qué le estaba contando todo aquello?–. Y ni siquiera estoy segura de querer hacerlo.

–¡No diga tonterías! ¿Por qué diantres querría seguir atada a ese hombre?

–Nos casamos por la Iglesia –contesté, a la defensiva–. Creo de todo corazón en la institución del matrimonio.

—Estoy totalmente de acuerdo —dijo Maud—. Pero solo cuando uno se casa con la persona adecuada. Creo que el nuevo vicario y usted harían muy buena pareja.

—¡Señora Burnett! Suponiendo que el vicario estuviera interesado en mí, cosa que dudo mucho, estoy convencida de que la Iglesia tendría algo que decir acerca de nuestra potencial relación.

Nuestra conversación había entrado en un terreno en el que no me sentía cómoda hablando con mi vecina. No tenía ni idea de cómo iba a reproducírsela al resto del pueblo, pero no me cabía duda de que incluiría inexactitudes y detalles que Maud añadiría para que fuera más escabroso.

Era urgente que encontrara amigas de verdad, o acabaría contándole a mi perra —y a mi entrometida vecina— mi vida entera.

Esa noche, Ruby llegó del trabajo con un invitado inesperado.

—Buenas noches, señora Miller. Quería pasarme para informarla de cómo va la investigación —dijo el inspector Robertson cuando abrí la puerta.

—Lo que quiere decir es que va a aclararnos si sigue insistiendo en la absurda teoría de que mi hermana ha matado a Alice y Elsie. —Ruby apoyó una mano en su cadera y se encaró con el inspector desde el pequeño recibidor.

—Ruby, ¿qué te parece si al menos dejamos entrar al inspector para hablar del tema?

—No si va a mantener sus ridículas acusaciones contra ti.

—Su hermana se ha negado a darme una coartada para el día que asesinaron a Elsie Harrington, señorita Andrews.

—Ah, pero eso es fácil. —Mientras la mirada del inspector se desviaba hacia Ruby, yo meneé la cabeza muy rápido y articulé «no» con los labios. Por supuesto, mi hermana ignoró de plano mi frenético gesto—. Martha estuvo todo el día en Londres con el vicario.

—¿Por qué no me lo dijo?

El inspector me miró con una expresión de enfado que ensombrecía su apuesto rostro. Ruby giró sobre sus talones y sumó su mirada de perplejidad a la del inspector.

—Soy una mujer casada —repuse a la defensiva—. Si la gente se entera de que fui a Londres con el vicario, el pobre se convertiría en objeto de interminables habladurías.

—Señora Miller —dijo el inspector con una paciencia exagerada—, tal vez no se haya dado cuenta, pero yo no soy «la gente». Soy un inspector de Policía. No tengo la costumbre de airear a los cuatro vientos información acerca de los sospechosos de mi investigación.

—Ya, desde luego. —Bajé la vista hacia el suelo—. Lo entiendo. En ese momento, Luke, el vicario, había hablado con varios colegas de Stan. Yo acababa de recibir noticias abrumadoras y tal vez eso me llevó a mostrarme reservada cuando vino usted a interrogarme tras la muerte de Elsie.

—Y ¿qué noticias abrumadoras eran esas?

Aunque lo dijo en tono cauteloso, la expresión de su rostro no dejaba lugar a dudas: estaba claro que ya conocía la información que yo había recibido. Era igual de evidente que le gustaba mi hermana. La forma estudiada en que evitaba mirarla daba fe de ello. Sin embargo, cada vez que Ruby hablaba, la punta superior de sus orejas se cubría de un leve rubor.

—Por lo que parece, Stan tenía pensado mudarse a Brighton.

—Sí, lo he leído en el expediente.

—¿Qué hacía usted leyendo el expediente de la desaparición de mi marido?

Traté de disimular el descontento que sentía. Aquello era humillante.

—Sí, ¿a santo de qué lo ha leído? —preguntó Ruby, haciendo que las orejas del inspector se encendieran de nuevo—. Y, ya que estamos, ¿por qué no compartió esa información con mi hermana?

El inspector Robertson se quitó el sombrero y señaló con él la puerta de la sala.

–Tal vez sea mejor que nos sentemos.

–Me muero de ganas de escuchar lo que tiene que decir.

Ruby se dirigió a la sala, se paró en el umbral y volvió la cabeza para mirar al inspector por encima del hombro. Él se puso más rojo que la cabina de teléfono que había delante de la oficina de Correos.

–¿Dónde puedo...? No sé dónde...

–¿Inspector?

Ah, cómo envidiaba la capacidad de Ruby para dejar a un hombre sin palabras.

–Mi sombrero.

Lo levantó un poco, como si yo no tuviera claro de qué hablaba. Señalé el perchero que había enfrente del reloj de pie, en el recibidor.

–Puede colgar ahí su sombrero y su chaqueta.

–Gracias.

–¿Quiere un vaso de agua? Lo veo un poco acalorado.

No estaba bien por mi parte meterme con el inspector, pero después de la manera en que me había tratado –como si fuera sospechosa no de uno, sino de dos casos de asesinato– no me pude contener. Por no hablar del mal rato que había pasado al tener que hablar de nuevo del abandono de Stan.

–Gracias –dijo él, que pareció recuperar la compostura–. Se lo agradecería mucho.

Fui a la cocina, saqué una jarra de limonada y la puse en una bandeja junto con tres vasos. Al entrar en la sala, no sé quién parecía más incómodo, si mi hermana, que estaba sentada en el borde de mi sillón en una postura extraña, o el inspector, que tenía la vista clavada frente a él, como si dedicar una sola mirada a Ruby fuera a provocarle una combustión espontánea.

–Tengo limonada; la he preparado antes y la acabo de sacar de la nevera. –No había ninguna necesidad de decirlo, pues hasta el más tonto era capaz de ver lo que había traído. Dejé la bandeja en la mesa, delante del inspector–. Por favor, sírvase usted mismo.

–La limonada de mi hermana es la mejor –alardeó Ruby–. Supongo que querrá que bebamos nosotras primero para asegurarse de que no está envenenada, ¿no?

–No hará falta –dijo él con frialdad–. Estoy seguro de que es deliciosa.

–¿Ha dicho usted que venía específicamente a contarme algo? –pregunté.

–Sí, he pensado que le gustaría saber que estaba en lo cierto respecto a George Felton. Ha confesado que es el vándalo del pueblo.

Un pequeño escalofrío de emoción me recorrió la columna. Mi investigación había tenido éxito; ¡ahora solo me quedaba descubrir al asesino!

–¿De qué lo han acusado?

–Un delito de daños en propiedad ajena. –El inspector frunció el ceño–. No creo que reciba una condena muy grave. Lo más seguro es que le pongan una multa y lo obliguen a realizar trabajos para la comunidad.

–Creo que la vergüenza por lo que ha hecho le afectará más que cualquier sanción criminal.

–¿Han dejado libre a ese lunático? –preguntó Ruby, enfadada.

–El señor Felton ha vuelto a casa con su mujer, sí.

Ruby se inclinó hacia delante y se volvió para mirar al inspector.

–¿Puede decirme qué está haciendo para mantener a salvo a las mujeres de este pueblo?

–¿A salvo del señor Felton?

–Claro que del señor Felton –le espetó ella.

–Tiene coartada para ambas muertes.

–¿Y se cree usted su palabra?

–Tenemos testigos independientes que corroboran lo que nos ha contado.

–¿Puede compartir su coartada con nosotras? –quise saber.

¿Acaso no sabía el inspector que a menudo la gente mentía para escabullirse de una situación difícil?

–En un pueblo como este, no veo de qué iba a servir mantener en secreto los detalles de la coartada del señor Felton. Estoy convencido de que la mayor parte de los vecinos del pueblo ya sabe que no entró en la carpa antes de la muerte de la señora Warren. Hay numerosos testigos que dan fe de que pasó todo el día con sus verduras y un suministro constante de cerveza fría. Y, la mañana de la muerte de la señora Harrington, no estaba en el pueblo; fue a Slough a visitar a unos viejos amigos del ejército. Hemos tomado declaración a varias personas que confirman su asistencia a su comida mensual.

Rudy se apoyó en el respaldo.

–Entonces, ¿tenemos que empezar otra vez de cero?

–De todos modos, tampoco creía que George hubiera matado a alguien.

–Ah, ¿no, señora Miller? ¿Y eso?

–Creo que el asesino es una persona ladina y bastante lista. George no es ninguna de las dos cosas. Es un hombre muy enfadado al que le falta la inteligencia necesaria para organizar lo que, en mi opinión, son asesinatos muy bien planeados.

–¿Qué le hace pensar que están muy bien planeados?

–Es sencillo –dije, como si la respuesta fuera obvia, porque para mí lo era–. No tenemos una sola pista acerca de la identidad de esa persona. Ni una. Eso me da a entender que el asesino es muy astuto e increíblemente cauteloso.

El inspector Robertson se bebió toda la limonada y cruzó los brazos sobre el pecho.

–Voy a encontrar a ese asesino, no le quepa duda. No importa lo inteligente, astuto o cauteloso que sea.

Diez minutos después de que el inspector se marchara, alguien llamó a la puerta. Ruby se puso en pie, pero yo le hice un gesto para que volviera a sentarse.

–Ya voy yo. Tú te has pasado el día en la oficina. Ve a cambiarte de ropa y serviré la cena. Quienquiera que sea tendrá que hablar conmigo mientras la preparo.

Abrí la puerta, esperando encontrarme a Maud deseosa de saber lo que me había dicho el inspector. Pero no: era Luke.

–Buenas noches, vicario.

–¿Era el inspector Robertson quien acaba de salir hace un momento?

–Creo que su radar para los chismes está tan afinado como el de la señora Burnett.

Él sonrió.

–Espero que no.

–Será mejor que pase.

–¿Seguro que no la molesto?

–Venga a la cocina. Estaba a punto de preparar la cena para Ruby y para mí. ¿Puedo tentarle con una tortilla de verduras?

–Es usted muy amable. –Frunció la nariz con desagrado–. Por desgracia, la señora Felton me ha dejado una especie de guiso. Me da miedo que, si no intento al menos comérmelo, dé parte al obispo.

–No será capaz, ¿no?

–Me ha comentado que no me como lo que me cocina y a continuación me ha dicho que, si su trabajo no está a la altura de mis expectativas, tal vez tenga que hablar con el obispo para encontrar una sustituta.

–Madre mía. –Me puse el delantal por la cabeza y me hice un nudo suelto a la espalda–. ¿Así que ahora se siente obligado a comer todo lo que le ponga en la mesa?

–Soy nuevo aquí. Lo último que quiero es que el obispo venga a Westleham porque piensa que algo va mal en la parroquia.

–Creo que el obispo se sorprendería mucho si supiera lo que está sucediendo últimamente en el pueblo. –Cogí una tabla de cortar y saqué pimientos, chalotas, tomates y un calabacín de la nevera. Luego bajé del armario un cuenco con huevos frescos–. No tengo mucho, pero me las apañaré bien con los huevos y las verduras frescas que hay. ¿Está seguro de que no lo puedo convencer?

—No, me temo que tengo que comerme la ofrenda de la señora Felton. —Luke hizo una mueca—. Si le soy sincero, estaba tan intrigado por saber qué quería el inspector que la cena se me ha ido por completo de la cabeza. ¿Sabe alguna cosa más sobre el misterio local?

Abrí un pimiento rojo con el cuchillo y saqué las pepitas con una cuchara.

—Por extraño que parezca, esta tarde, antes de que se presentara el inspector, tenía la intención de revisar todo lo que sabía sobre las muertes de Alice y Elsie. Me alegro de que haya venido, porque tal vez, si trabajamos juntos, podamos descifrar qué se nos ha pasado por alto.

—¿Qué es lo primero que le viene a la cabeza que no le cuadre?

—Cómo se comportó la señora Harrington tras la muerte de Alice. Aunque nunca hemos sido amigas, su actitud hacia mí fue muy peculiar. Por lo general, es una mujer muy puritana, de las que jamás pierden el control, sobre todo en público. Apenas me lo podía creer cuando nos llamó pelandruscas a Ruby y a mí. ¡Qué palabra más desagradable!

—Pero ya sabemos por qué se comportó así, ¿no? —señaló Luke—. Se debe a que últimamente bebe mucho. Por desgracia, mucha gente se pone agresiva cuando toma demasiado alcohol.

—Tendríamos que ir con cuidado y no creernos todo lo que nos cuentan. Sin embargo, esa parte parece encajar con los hechos. Joe Noble ha reconocido que la señora Harrington le compraba alcohol de estraperlo. Y tenía una botella de ginebra en el cuarto: no se me ocurre por qué alguien que no tenga una seria dependencia del alcohol guardaría alcohol en el piso de arriba de su casa.

—¿Qué me dice de Charles Warren? Su consternación por la muerte de Alice parecía totalmente genuina, pero ¿podemos descartarlo como sospechoso sabiendo que va a recibir una suma tan importante de dinero?

–No le he contado lo que pasó cuando lo seguí desde el tren el martes. Se fue directo al cementerio y se echó a llorar sobre la tumba de Alice.

–Pero si no hay tumba –objetó Luke–. Solo un agujero, hasta que el forense entregue el cuerpo para que lo entierren.

–Lo sé. Eso lo hace aún más trágico. Alice ni siquiera estaba allí, pero el pobre señor Warren parecía necesitar un sitio donde llorarla.

–Pobre hombre. –Luke hizo una pausa y bajó la vista hacia la mesa antes de proseguir–: He estado pensando en la señora Leaming. Comentó usted que en su casa había muchos muebles y animales. Uno de mis compañeros de universidad es veterinario. A lo mejor podría llamarlo y pedirle que visite a la señora Leaming con algún pretexto, ¿qué le parece?

Yo arqueé una ceja.

–No estoy segura de qué conseguiríamos con eso. Sabemos que se comporta de un modo extraño y, sin embargo, tras la muerte de Alice estuvo muy atenta conmigo. No sé si su amigo sería capaz de averiguar el motivo de su abrupto cambio de humor.

–Tal vez pueda sonsacarle información por el hecho de ser un desconocido. Es un tipo muy razonable. Vale la pena intentarlo, ¿no?

–Creo que es usted quien debería ir a verla –dije–. Así no parecerá tan raro. Dijo que tenía que pasarse a ver a todos los feligreses.

–De acuerdo. –Asintió–. Entiendo lo que dice, así que probaré. ¿Por qué no habla usted con Ernest Harrington? El otro día, cuando me encontró hablando con Elsie, me despachó sin rodeos.

–¿Y cree que conmigo tendrá ganas de hablar?

–Tal vez sea de esa clase hombres que reaccionan mejor ante una mujer. –Encogió un hombro al ver mi expresión dubitativa–. Creo que debemos intentar todo lo que podamos, aunque parezca disparatado. Y, hablando de eso, diría que ya es hora de que me pase por el *pub* del pueblo.

–No sabía que le gustaba a usted empinar el codo, vicario.

Pensándolo bien, había muchas cosas que no sabía de él. Y quería saberlas. Había sido un gran apoyo para mí en los últimos días. ¿Qué diantres habría hecho si él no hubiera creído tan firmemente en mí? Por supuesto, Ruby sabía que era imposible que yo tuviera algo que ver con la muerte de Alice y Elsie, pero ella era mi hermana. Me tenía que respaldar casi por ley, porque éramos familia. Luke, en cambio, acababa de llegar al pueblo y no tenía ningún motivo para ponerse de mi parte; no obstante, lo había hecho.

—No le digo que no a una pinta de cerveza o un dedo de *brandy* en ocasiones especiales. Todavía no conozco a Joe Noble, pero esta noche voy a ponerle remedio.

Alcé la vista de la tabla de cortar y, al ver su ceja arqueada, caí en la cuenta de que su visita al *pub* no tenía nada que ver con un supuesto interés por catar su mercancía.

—Ah. Ya entiendo su plan. Va a ir al *pub* para sonsacarle lo que pueda a Joe. Es verdad, debemos averiguar si tenía algún motivo para matar a Alice. ¿Es posible que la difunta conociera un secreto suyo? Sabemos que vende alcohol sin permiso de la cervecera. ¿Es posible que Alice lo hubiera descubierto? ¿Lo estaba amenazando?

—Tenemos muchas más preguntas que respuestas. A lo mejor si encontramos algunas respuestas estaremos más cerca de averiguar quién es el asesino.

—Supongo que después de lo que me ha contado sobre la señora Garrett tengo que hablar con ella para poner paños fríos —observé.

Él se quedó un momento pensativo.

—Me da la sensación de que tener a una mujer como la señora Garrett de su parte le beneficia mucho más que tenerla de enemiga.

—Por no hablar de que es la reina del chismorreo en este pueblo. Aquí no pasa nada sin que ella se entere. A lo mejor debería esforzarme por hacerme amiga suya, a pesar de las diferencias que hemos tenido en el pasado.

—Creo que es una idea excelente.

—A menos que resulte ser la asesina, claro.

—¿De veras cree que podría serlo?

Rompí los huevos en un cuenco y los batí con un tenedor.

—La verdad es que no quiero descartar a nadie a menos que podamos demostrar de manera categórica que no es él.

—¿Nos fiamos de lo que ha dicho el inspector Robertson de que George es inocente?

—No veo qué importancia tiene dónde se encontraba la mañana del segundo asesinato. —Dejé caer el tenedor en el fregadero—. No importa dónde estuviera justo antes de la muerte. Podría haber echado el veneno en la botella en cualquier momento.

—No se me había ocurrido. —Luke me dedicó una mirada pensativa—. Solo podemos descartarlo en el momento preciso de la muerte, pero no hacía falta que estuviera presente para que el veneno hiciera efecto.

—A menos, claro, que la señora Harrington bebiera más incluso de lo que dice Joe, y el único momento en que se hubiera podido echar el veneno en el vaso fuera justo antes de que se lo sirviera. Si el veneno estaba en la botella cuando la compró, se habría muerto al dar el primer trago.

—¿Y si no fue ella la que se sirvió el vaso?

—Dios mío, eso no lo habíamos pensado, ¿verdad?

—Pero me imagino que la Policía sí, ¿no? Aunque Alice tampoco se sirvió su bebida.

Me aparté de las verduras cortadas y me senté a la mesa, delante de Luke.

—Pero de Florence no deberíamos sospechar, ¿no?

—¿Sirvió ella la bebida en los vasos?

—No se lo pregunté —reconocí—. Di por hecho que sí.

—¿Y si no fue así? —preguntó él en voz baja—. Eso lo cambiaría todo, ¿verdad?

Estrujé el delantal entre mis manos.

—Si bien sabíamos que podría haber sido cualquiera, hasta ahora yo había supuesto que el asesino echó el veneno en la botella.

—Yo también. –Hizo una mueca de consternación con la boca–. Si echaron el veneno en un vaso, eso lo complica todo aún más.

—Significa que el asesino no sabía quién iba a coger el vaso.

—Y, en consecuencia, es posible que Alice no fuera la víctima planeada.

—Eso lo cambia todo. –Miré a Luke, horrorizada–. Si así fuera, alguien está envenenando a vecinos al azar sin ningún tipo de motivo.

Me estremecí. Era una opción demasiado espantosa para planteársela.

¿Por qué iba alguien a hacer algo así en nuestro plácido pueblecito?

11

A la mañana siguiente, apenas había acabado de lavar los platos del desayuno cuando llamaron a la puerta. No se me ocurría quién podía presentarse en mi casa tan pronto. Mi corazón se desbocó con un ritmo de *staccato*. ¿Había muerto alguien más? ¿En qué se había convertido mi vida si lo primero que me venía a la cabeza era que había habido otra muerte?

A regañadientes, salí de la cocina y avancé por el pasillo hasta la puerta de entrada. Respiré hondo para darme fuerzas. La persona que se hallaba al otro lado de la puerta levantó la aldaba y golpeó el tope. Retrocedí de un salto y, con ello, sobresalté a Lizzie, que se puso a ladrar.

La cogí del collar.

—Shhh, no pasa nada.

Renuncié a seguir procrastinando y abrí la puerta de golpe, con los nervios a flor de piel y manos trémulas.

—Buenos días, señora Miller. —Margaret Leaming miró a Lizzie con un gesto de evidente desagrado—. ¿Es peligroso este animal?

«Sin duda no y, además, ¡ella no usa mi casa como excusado!». Me guardé mis pensamientos para mí misma.

—Claro que no.

—¿Me va a invitar a entrar, querida?

Me aparté de la puerta. Aquel día, la señora Leaming volvía a ser la de siempre. La criatura astrosa que me había abierto la puerta el domingo por la tarde se había esfumado.

—Pase, por favor.

Por lo general, hacía pasar a mis visitas a la cocina. Igual que el resto de los vecinos, reservaba la sala para relajarme por las noches o para las visitas importantes. Por la manera en que Margaret miraba a Lizzie, prefería dejar a mi querida perra en la cocina que permitir que se acercara a la secretaria del comité.

En cuanto el trasero de Margaret se aposentó en el sofá de rayas verdes, fue directa al grano.

—Señora Miller, como presidenta en funciones del comité, le hago saber que presento mi dimisión como secretaria.

Con un golpe, dejó un sobre en la mesa de centro. Yo permanecí cerca de la puerta, preguntándome si debía preparar té o si, por lo que respectaba a la señora Leaming, la conversación había terminado. No podía dejarla marchar sin hacerle más preguntas, así que llevé a Lizzie a la cocina y cerré la puerta de la sala a mi espalda.

De pie junto a la chimenea, miré a Margaret.

—¿Hay algo que pueda hacer para que cambie de idea?

—No. —Margaret cruzó los brazos sobre el pecho—. La gente está muriendo, señora Miller. No solo dimito como secretaria, también tengo intención de marcharme del pueblo. Si no lo hago, tal vez sea la próxima en caer envenenada por un lunático.

Horrorizada, contemplé cómo Margaret se echaba a llorar con ruidosos sollozos. Me acerqué a ella y le di unas palmaditas en el hombro, sin saber qué cara poner.

—Vamos, estoy segura de que no corre usted peligro alguno.

Lo cierto era que no estaba segura en absoluto. Si no conocíamos el móvil del asesino, ¿cómo podía saber nadie quién sería su próxima víctima?

Margaret metió la mano en un bolso del tamaño de un maletín de viaje pequeño y sacó un pañuelo arrugado.

—Ay, señora Miller. Podría estar observándonos en este mismo momento. A la señora Warren la mataron delante de todo el pueblo, y a la señora Harrington, en su propia casa. Nadie está a salvo. Es decir, ninguna mujer está a salvo. Por lo que parece, los hombres del pueblo no tienen nada de qué preocuparse.

«Aparte de que maten a sus esposas», pensé yo, aunque no dije nada. Dadas las circunstancias, no creía que viniera al caso.

—Y ¿tanto miedo tiene como para querer mudarse?

–En cuanto tenga oportunidad –confirmó ella–. Me da miedo comer o beber cualquier cosa. Ahora mismo, dormir es un lujo que no me puedo permitir. Me da demasiado miedo no despertarme.

–El domingo, cuando pasé por su casa, la vi muy angustiada –dije, observando con atención su rostro para captar su reacción.

–Creo que cuando hablé con usted en la feria estaba en *shock*. Más tarde, cuando comprendí el alcance de lo ocurrido, me resultó muy difícil mantener la compostura. No me da vergüenza reconocer, señora Miller, que todo este asunto es lo peor que me ha ocurrido en la vida.

¿Peor que perder a su marido? Aunque yo no me había desmoronado tras la desaparición de Stan, me imaginaba que, para cualquier mujer en una situación parecida, ese sería el peor momento de su vida.

–Vamos a echarla muchísimo de menos en el pueblo, señora Leaming. –Ella se sonó ruidosamente y yo di las gracias al cielo al ver que había dejado de llorar–. Es usted una secretaria de lo más eficiente.

Eso había sido horrible por mi parte. Pese a lo agradable que pudiera ser que reconocieran tu labor, no era muy halagador que el único motivo que se me ocurriera para echarla de menos fuera su trabajo como secretaria del comité.

–Es usted muy amable. –Se sonó una vez más y dejó caer el pañuelo dentro del bolso.

Tenía que preguntarle más cosas antes de dejarla ir. Traté de recordar las preguntas que le queríamos hacer. No por primera vez, deseé haber echado mano de una libreta durante mi conversación con Luke. O bien tener una memoria que funcionara. Cualquiera de las dos cosas me habría resultado muy útil en aquel momento.

–¿Adónde irá?

Me dirigí al sillón que había junto a la ventana y me senté.

–Tengo una casa en Cornwall.

–Ah, ¿sí? Qué bien.

Margaret se ruborizó y bajó la vista hacia su bolso.

—Es una herencia.

—Ay, querida —dije en el tono más compasivo que pude—. ¿Era de su marido?

—¡Esa es la otra razón por la que me marcho! —Margaret se puso en pie con brusquedad—. ¡Es usted tan entrometida como Alice Warren!

No creía que preguntar por el marido de Margaret estuviera al mismo nivel que un asesino loco que andaba suelto por el pueblo, pero ¿quién era yo para juzgar los sentimientos de otra persona cuando los míos distaban mucho de ser sencillos? Aun así, el repentino y desmedido enfado de Margaret me pareció totalmente excesivo.

—Solo quería darle conversación. Lamento mucho haberla ofendido.

—Ustedes, las mujeres del pueblo, son incapaces de dejar a los demás en paz. Están siempre metiéndose donde no las llaman.

La hostilidad de su voz me hizo recordar la sensación que había experimentado al caminar por el pasillo de su casa delante de ella. Miedo. Momentáneo, sí, pero miedo pese a todo. Aunque ese día hacía calor, me estremecí. A lo mejor no había sido tan buena idea encerrarme en la sala con la señora Leaming. ¿Qué iba a hacer si me atacaba?

Estaba siendo ridícula. Margaret se marchaba del pueblo porque tenía miedo de que la mataran. Me lo acababa de decir. A menos que se tratara de una elaborada artimaña y en realidad hubiera decidido marcharse para que no la atraparan. Me sacudí de encima la sensación de inquietud y respiré hondo para calmarme. Estaba dejando que el histrionismo de Margaret influyera en mis propios pensamientos y sentimientos.

—Lamento que piense eso —murmuré, intentando adoptar un tono contrito al tiempo que ideaba lo que me parecía un plan retorcido—. Alice era de lo más simpática y...

—Alice era una entrometida que justificaba su curiosidad exagerada con su puesto de presidenta del comité. Era igual que el resto de las mujeres chismosas de este horrible lugar. No me dará ninguna pena marcharme. Ninguna.

Esperé a que Margaret acabara su diatriba antes de darle una respuesta muy meditada.

—Por eso me dijo que vendría a verme el día después de la feria. No quería que me presentara en su casa.

«¿Qué había en la casa que Margaret no quería que viera?».

—Y, aun así, eso fue precisamente lo que hizo.

Me puse en pie y carraspeé antes de hablar.

—Creo que no queda nada que decir, ¿no? En nombre del comité del pueblo de Westleham, acepto su dimisión. Le deseo que le vaya muy bien en Cornwall.

Esperaba que mi voz reflejara mucha más seguridad de la que sentía. Me temblaban las rodillas y tenía la garganta seca. Me dirigí a la puerta de la sala y la abrí. Margaret se levantó y pasó junto a mí haciendo aspavientos. Al cabo de unos segundos, oí el portazo en la entrada y dejé escapar un suspiro de alivio.

—Que tenga usted también un buen día, señora Leaming.

En cuanto me aseguré de que Margaret había seguido su camino por la carretera hacia su casa, cerré con llave la puerta de entrada y me dirigí apresuradamente a la vicaría.

Gertrude Felton, el ama de llaves del vicario, me abrió la puerta y me miró de arriba abajo.

—¿Sí?

Ignorando su tono grosero, dibujé en mi rostro una sonrisa radiante.

—Me preguntaba si podría hablar con el vicario.

—Estoy segura de que al vicario le iría mejor si no hablara con mujeres de su calaña.

—No sé a qué se refiere, señora Felton.

—En ese caso, deje que se lo explique sin tapujos. Sé que fue usted quien le habló a la Policía de mi George. Mi marido no quería hacer daño a nadie. Nadie acabó herido. Lo único que quería era ganar un premio después de haber trabajado muy duro. Cuida de los jardines de los demás sin que apenas se lo agradezcan. Pero no, oh, no, tenía usted que entrometerse y hacer que lo detuvieran. No sé a santo de qué hizo algo así.

Yo fruncí el ceño. La respuesta a lo que me decía era evidente.

–George cometió un delito. Por su culpa, mucha gente acabó con el huerto destrozado. Si lo detuvieron por ese motivo, no es responsabilidad mía. Y ahora ¿puedo hablar con el vicario, por favor?

Ella me fulminó con la mirada, haciéndome saber sin atisbo de duda lo mucho que deseaba poder cerrarme la puerta en las narices. Al final, se dio la vuelta y se alejó por el pasillo para volver al cabo de unos segundos.

–El vicario la verá ahora –dijo pomposamente.

–Gracias, señora Felton. Es usted muy amable –respondí en el mismo tono solícito e impostado.

Como era de esperar, ahora que el vicario podía oírnos su tono cambió. Me llevó al estudio de Luke, que tenía un aspecto muy distinto desde la última vez que había estado allí. Cuando era del reverendo Gibbs, había papeles por todas partes que cubrían el escritorio. A menudo perdía sus gafas en medio del desorden.

Ahora, todo estaba organizado en montones. En una esquina, había una pequeña foto enmarcada. Me incliné para verla.

–¿Puedo?

–Sí, claro.

Luke cogió la foto y me la tendió, y a continuación se volvió hacia la señora Felton, que estaba parada en la puerta, observándonos.

–Té para dos, señora Felton, por favor.

Una vez el ama de llaves se hubo marchado, me acerqué a la puerta.

–¿Ya se marcha? –preguntó él con una sonrisa.

–No. Solo quería asegurarme de que se había ido antes de contarle algo extraordinariamente raro que acaba de pasar.

–Me parece que no la creo.

–¿Qué quiere decir?

–¿Hay algo que pase en este pueblo que no sea raro? Apuesto a que lo que sea que acaba de pasar no es ni de lejos tan peculiar como el resto de acontecimientos de este pueblecito supuestamente plácido.

–En eso tiene razón. –Miré la fotografía–. ¿Son su madre y sus hermanos?

–Así es.

Tendió la mano, y yo me acerqué y le devolví la fotografía.

–¿A su padre no le gustaba salir en las fotos? –En cuanto las palabras salieron de mi boca, una expresión que fui incapaz de identificar le nubló el rostro y deseé no haber dicho nada.

Margaret Leaming tenía razón. Era una entrometida.

–No –contestó Luke, mirando la foto y luego a mí–. No le gustaba.

Capté la indirecta, así que cambié de tema.

–La señora Leaming acaba de venir a verme. Me ha presentado su dimisión como secretaria del comité. Dice que va a venderlo todo y se va a mudar a otra casa que tiene en Cornwall. ¿No le parece raro?

–Pues tiene razón, es extraño.

–No parece la clase de mujer que tendría una casa en Cornwall, aunque tampoco da la impresión de tener problemas económicos. Quiero decir que nunca ha comentado que vaya corta de dinero. Supongo que una cosa no tiene que ver con la otra, ¿no? Todo el mundo sabe que yo no tengo mucho dinero, pero no he oído ningún rumor sobre la señora Leaming respecto a ese tema.

–¿Y ha dicho que va a vender? ¿Cómo si fuera la dueña de la casa en el pueblo?

–Esas han sido sus palabras.

Luke tamborileó con los dedos sobre la mesa. Me había dado cuenta de que era algo que hacía siempre que pensaba.

–¿A quién conocemos que trabaje en la inmobiliaria?

–Bueno, el dueño es el señor Finnegan.

—Sí, sí —dijo Luke, agitando una mano—. Él no nos sirve. No nos contará nada.

—Ah, ya lo entiendo. Su secretaria es su mujer. No creo que ella vaya a contarnos nada, tampoco.

—¿Cuánto hace que vive allí la señora Leaming?

—Diría que un año.

—Y ¿había un cartel de SE VENDE en la casa antes de que se mudara?

—No recuerdo haberlo visto.

—Entonces, ¿quién es el propietario?

—La dueña era una anciana llamada Phyllis Jones. Murió durante la guerra y la casa estuvo un tiempo vacía. Hace un año, como le dicho, la señora Leaming se mudó.

—Pero ¿quién es el dueño ahora?

—La verdad es que no lo sé. La mejor persona a la que acudir para enterarse de los chismorreos del pueblo es la señora Burnett, o bien la señora Garrett.

—A la que da la casualidad que va a ver usted hoy.

—Y da la casualidad de que tengo una idea que creo que convencerá a la señora Garrett.

—¿Me va a contar su brillante plan?

Me di un toquecito en un lado de la nariz.

—Esperemos a ver si funciona. Cambiando de tema, me imagino que, siendo vicario, sabrá contestarme a esta pregunta. ¿Cuesta mucho encontrar una copia de una partida de matrimonio?

—Es facilísimo, de hecho —respondió Luke—. Solo hay que pedirla en el registro civil de Somerset House, en Londres. ¿De quién es la partida de matrimonio que necesitamos?

—Me gustaría saber... Es decir, creo que sería interesante saber si la señora Leaming ha estado de verdad casada alguna vez. ¿Puede averiguarlo?

—Sí, por supuesto. Llamaré a uno de mis amigos y le pediré que vaya a Somerset House a pedir esa información.

—¿Deberíamos contarle al inspector Robertson que la señora Leaming tiene intención de marcharse del pueblo?

—¿Cree que es relevante para la investigación? —preguntó él—. ¿Cree que está implicada de alguna manera?

—Me parece una coincidencia extraordinaria que Margaret esté tan desesperada por irse del pueblo justo después de que hayan matado a dos personas.

—A lo mejor es verdad que tiene miedo.

—O bien quiere huir antes de que la atrapen.

—Pero entonces ¿por qué iba a llorar y mostrarse tan angustiada? ¿Qué motivo tiene?

—A lo mejor tan solo es buena actriz. Me ha acusado de ser una entrometida, y ha dicho que Alice también lo era.

—La gente aquí es bastante fisgona, señora Miller.

Parpadeé varias veces al darme cuenta de que no se equivocaba.

—Supongo que tiene razón, y aquí me tiene, cotilleando alegremente sobre otra persona cuando sé el daño que eso puede causar.

—El té, vicario —anunció la señora Felton, que entró como un torbellino en la habitación y dejó una bandeja sobre una mesita auxiliar.

Su adusta actitud puso fin a nuestra conversación. A pesar de ignorar mi presencia en la estancia, la señora Felton me lanzó una mirada asesina al salir, de la que Luke no se percató.

Tras una apresurada taza de té con Luke, bajé por la calle hasta la casita de la señora Garrett.

Me habría gustado quedarme un rato más en la vicaría a discutir nuestro caso, que era como había empezado a llamarlo. Pero estaba convencida de que la señora Felton rondaba por el pasillo, tratando de escuchar todas y cada una de nuestras palabras. O, peor aún, que había salido rápidamente para ir a la cabina telefónica de delante de la oficina de Correos a llamar al obispo e informarle de mi desvergonzado comportamiento.

Era de risa. Yo no había hecho nada escandaloso en mi vida. Sin lugar a dudas, era la persona más aburrida que conocía. Aun así, si pasar a ver al vicario a plena luz del día era un delito que había que denunciar ante el obispo, la señora Felton podía hacer lo que le placiera.

Llamé con los nudillos a la puerta de la señora Garrett antes de poder cambiar de opinión, volver corriendo a la calle y ponerme a trabajar en mi huerto. Cuando abrió, me dedicó una larga mirada desdeñosa antes de hablar.

–¿Sí?

–¿Puedo pasar un momento, señora Garrett? –Adopté el tono más conciliador posible–. Quiero proponerle algo.

–No creo que nada de lo que diga pueda interesarme.

–Sí, entiendo que piense eso. Lo lamento de verdad, pero tengo la impresión de que hemos empezado con mal pie. Tal vez lo que quiero decirle contribuya a solucionar las cosas entre nosotras.

Me pegué una sonrisa en los labios, que contrastaba vivamente con cómo me sentía en realidad. Hasta donde yo sabía, y por lo que Luke me había contado, mi único pecado era haber tenido la fortuna de que mi marido volviera de la guerra. Y no era algo en lo que yo pudiera haber intervenido en un sentido u otro. Era buena suerte, algo que no tenía nada que ver con lo que yo hubiera hecho o dejado de hacer. Estoy segura de que no había rezado más, ni menos, que cualquier otra mujer. Aunque tal vez no fuera del todo cierto. Seguramente había rezado mucho menos que otras mujeres. No porque no quisiera que Stan volviera a casa, sino porque no lo amaba con tanta entrega como otras mujeres a sus maridos.

Evité mirar la verruga que la señora Garrett tenía en un lado de la cara, mientras trataba de imaginármela tan angustiada por el regreso de su marido como para rezar fervientemente cada noche. Pero, por mucho que lo intentara, era incapaz de imaginarme a esa mujer exhibiendo aquella clase de pasión; aunque, por supuesto, tampoco me habría imaginado que Charles Warren se quedaría totalmente destrozado al perder a su mujer. ¿Qué sabía yo? Nunca había estado enamorada. No de verdad.

Ella me observó, frunció los labios y a continuación me miró desde la punta de mis botas de jardinería hasta lo alto del pañuelo de mi cabeza.

—Puede pasar a la cocina. No tengo tiempo para tonterías, señora Miller, así que no me haga perderlo, por favor.

—No, señora Garrett, por supuesto que no.

Me sentí como una colegiala traviesa dirigiéndose al despacho de la directora, donde sin lugar a dudas me iban a castigar con la vara.

—Siéntese aquí.

Señaló una silla al tiempo que se sentaba a la cabecera de la mesa, delante de una gran tetera marrón con una funda de punto de un rojo chillón.

«Sí, señora».

¿Quién se creía que era, la reina Isabel? Aunque, en cuanto mi trasero tocó la silla tal como me había indicado, me di cuenta de que no se trataba de que la señora Garrett se creyera superior a mí, sino que era yo quien le daba ese poder. Hacía lo que me decía porque todavía me veía a mí misma como una colegiala, o una mujer socialmente inferior a ella.

—He venido a preguntarle si se plantearía aceptar el puesto de secretaria del comité del pueblo de Westleham.

—¿Si me lo plantearía? —refunfuñó ella.

—No se lo puedo ofrecer de manera oficial hasta que convoquemos una reunión. Por supuesto, tendrá que haber una votación. Pero es usted un miembro respetado de la comunidad, y creo que será perfecta para el puesto.

Contuve el aliento. Recordaba que el comité se lo había propuesto en el pasado, pero ella había dicho que estaba demasiado ocupada.

—¿Por qué me lo pide ahora? ¿Acaso no tienen una secretaria?

—Sí. Bueno, no. Ya no. La señora Leaming ha dimitido esta mañana y he pensado que sería usted la sustituta ideal.

Hacía mucho calor en la cocina de la señora Garrett. Un hilillo de sudor me cayó de entre los omoplatos y me recorrió la columna. Si mi cuerpo temblaba, sin duda se debía al calor y no al miedo.

—No ha contestado mi pregunta. ¿Por qué yo?

—Como he dicho —me apresuré a contestar—, es usted un respetado..., esto..., pilar de la comunidad, y es..., bueno, perfecta para el puesto.

—Ni siquiera me conoce. —Cruzó los brazos sobre el pecho y me miró con recelo—. ¿Cómo puede saber qué es lo que se me da bien? ¿La ha enviado el vicario?

Alcé la barbilla.

—Acabo de salir de la vicaría, pero no, no me ha enviado él. De hecho, ni siquiera le he dicho que venía.

—Nunca nos hemos llevado bien. ¿Por qué iba a querer ser su secretaria?

—No la mía, la del comité —la corregí al tiempo que me levantaba—. Ya veo que esto es una pérdida de tiempo. Si no quiere el trabajo, tendré que pensar en otra candidata.

—Yo no he dicho eso —soltó—. Siéntese.

En contra de toda lógica, decidí quedarme de pie. La señora Garrett tenía que decidirse: o bien quería el puesto o bien no lo quería. No tenía intención alguna de suplicarle. Ya le había rendido bastante pleitesía para un día.

—Señora Garrett, ¿sabe usted quién es el dueño de la casa en la que vive la señora Leaming?

Ella sacó dos tazas con sus platillos de un armario y sirvió té en una, sin apartar la mirada de mí.

—¿Es esa la verdadera razón por la que ha venido?

El té claro fluía por la boca de la tetera. Le añadió leche y azúcar y a continuación dio un pequeño sorbo. Supuse que me estaba sometiendo a algún tipo de prueba al llenar deliberadamente una sola taza. El único problema era que yo no estaba segura de cómo pasar la prueba.

—En parte sí —dije, decidiendo que la sinceridad era la mejor opción. La señora Garrett no solo me recordaba a una profesora de escuela por su actitud, sino que también tenía ese olfato innato para saber cuándo alguien mentía—. Ya tenía pensado venir a verla y hablar con usted esta mañana. Después de que la señora Leaming me presentara su dimisión, he pensado de inmediato en pedirle que ocupara su puesto.

Vertió más té, que parecía agua sucia, en la otra taza.

—¿Con leche y azúcar?

—Sí, por favor. Dos cucharaditas para mí.

Ella arqueó una ceja, pero añadió dos cucharaditas colmadas en el líquido de un color ámbar pálido, y procedió a empujar el platillo sobre la mesa hacia mí. En realidad, yo no tomaba azúcar, pero me pareció que tal vez ayudaría a que el sabor fuera más aceptable.

—¿Quiere información sobre la casa de la señora Leaming?

—Sí, por favor.

Le di un sorbo al té y me obligué a no hacer una mueca de asco mientras ella me observaba. Pensé que ojalá hubiera una planta por allí cerca donde poder arrojar el té cuando no me mirara.

—Estoy segura de que una mujer tan inteligente como usted habrá deducido, igual que he hecho yo, que la señora Leaming parece vivir muy bien con muy poco.

De improviso, comprendí lo que hasta entonces no había entendido. La señora Garrett había perdido a su marido y, en consecuencia, dependía como única fuente de ingresos de la pensión militar de este. Ruby y yo, al menos, podíamos aunar nuestros recursos, y además teníamos mi huerto. Eso también explicaba por qué el té de la señora Garrett era tan espantoso. Lo más probable era que echara agua hirviendo sobre las hojas del día anterior para sacar el máximo partido posible a sus provisiones.

¿Cuándo me había obsesionado tanto con mis propias penurias como para no percatarme de las tribulaciones que atravesaban otros vecinos de mi mismo pueblo? Una sensación de vergüenza me recorrió. Nunca me había considerado una persona egoísta y, sin embargo, eso era exactamente en lo que me había convertido.

–Sí que me he dado cuenta. Luke y yo... –Mi voz se apagó al tiempo que la señora Garrett apretaba los labios–. Quiero decir, el vicario y yo hablamos de la situación económica de la señora Leaming justo ayer por la noche.

–Tenga mucho cuidado, señora Miller. A la gente le resulta mucho más fácil olvidar el error de una joven que el de una mujer casada. –Dejó la taza sobre el platillo–. El caso: la dueña de la casa era la señora Jones, como bien sabe. Tenía dos hijos y una hija. En una situación normal, les habría dejado la casa a los tres.

–En ese caso, o bien la señora Leaming les compró la casa o bien les paga un alquiler mensual, ¿no?

–Hoy mismo podré darle esa respuesta.

La señora Garrett se levantó y me lo tomé como una indicación para marcharme. Me acabé el terrible té y dejé la taza sobre el platillo.

–Gracias, señora Garrett; es usted muy amable. ¿Puedo preguntarle si conoce bien a los Finnegan, de la inmobiliaria?

–Ah, no soltarán prenda. No les voy a preguntar a ellos. Se toman la confidencialidad al pie de la letra. Su mujer de la limpieza, en cambio, es muy buena amiga mía.

No hice más preguntas. Seguramente, era mejor que no supiera cómo iba la señora Garrett a recabar la información que le había pedido.

–Hablamos luego, entonces; lo espero con impaciencia. Gracias, señora Garrett.

–La acompaño a la puerta –dijo ella–. Sobre el otro tema, me lo pensaré detenidamente y le haré saber mi decisión después de consultarlo con la almohada.

Asentí. Hasta que no hube vuelto a la calle y echado a andar hacia mi casa, no caí en la cuenta de a qué se refería. Me había olvidado por completo de la vacante como secretaria del comité.

12

Tras pasarme la mañana trabajando en el huerto, comí un almuerzo rápido y me dirigí a la oficina de Correos. Aunque todo el mundo la llamaba así, al estar ubicada en un pueblo tan pequeño como el nuestro cumplía muchas otras funciones. Para empezar, era el único lugar donde se podía comprar comida.

Por supuesto, teníamos una panadería, una carnicería y una verdulería aparte. No obstante, en aquella época todo lo que nos podíamos permitir llegaba envasado en paquetes o latas, y esos artículos se encontraban en la oficina de Correos y colmado del señor Harrington.

—Buenas tardes, señora Miller. —La ayudante de la tienda, la señora Rogers, me recibió con su rostro redondo y sonriente—. ¿Qué le pongo?

—Solo un sello para correo ordinario, por favor. —Aunque no necesitaba un sello para nada, el mero hecho de pensar en ellos me hizo darme cuenta de lo mucho que hacía que Ruby o yo no escribíamos a nuestros padres. Teníamos que enviarles ni que fuera una nota, sobre todo teniendo en cuenta lo que estaba sucediendo en el pueblo. Eso me hizo pensar en algo—. ¿Sabe si los asesinatos han llegado a los periódicos nacionales?

—Madre de Dios, señora Miller, ¿dónde ha estado metida toda la semana? —La señora Rogers meneó la cabeza y me dedicó una sonrisa amable—. Hace varios días que los titulares no hablan de otra cosa que no sean las dos muertes sospechosas.

En ese caso, lo más probable era que mis padres ya supieran lo que pasaba. Y Stan también. A pesar de todo, me dolía que no hubiera intentado ver cómo me encontraba. Si estaba vivo, no importaba dónde viviera en el país, seguro que cada día se compraba *The Times* como siempre había hecho.

–¿Cómo lo lleva el pobre señor Harrington?

–Bueno, no debería hablar de eso –dijo la señora Rogers, bajando la voz como hace la gente que está a punto de hacer lo que ha dicho que no debería–. Pero se lo ha tomado excepcionalmente bien.

–¿Y los niños? –quise saber–. Me han dicho que la madre de la señora Harrington vino a llevárselos.

–En efecto. –La señora Rogers chasqueó la lengua con consternación–. Las pobres criaturas todavía no han vuelto. Y déjeme decirle que no es porque el señor Harrington esté ocupado en la tienda. No ha puesto el pie aquí más que para abrir y cerrar.

–Madre mía –dije, mientras me devanaba los sesos para encontrar algo inteligente que decir para mantener viva la conversación–. A lo mejor ha estado demasiado abatido para dedicarse a nada.

La señora Rogers hizo un gesto desdeñoso.

–Pues bien que se pasa horas en el *pub*. Aunque supongo que eso es lo que hacen los hombres, ¿no?

Yo no lo sabía. Stan nunca había sido muy aficionado a ir al *pub*. Ni siquiera en las ocasiones especiales. Ahora que lo pensaba, aparte de sentarse en su sillón favorito con sus zapatillas y el periódico, nunca había hecho mucho de nada.

–Supongo que sí. –Comprobé que no había entrado nadie después de mí, aunque de ser así habría oído la campanilla–. Aunque, por lo que tengo entendido, la aficionada a la bebida en esa familia era la señora Harrington.

–No puedo decir que lo haya visto –respondió ella–, pero es *vox populi*.

–¿La señora Harrington nunca ayudaba en la tienda?

–Madre del amor hermoso, no. –La señora Rogers se rio–. Ni una pizca. Claro que tenía que cuidar a todos esos niños. Por eso acabaron contratándome.

–Creía que tenían una niñera.

–Ah, sí, la tenían. Yo trabajaba aquí. Y luego la señora Harrington decidió que quería ir a todas esas reuniones benéficas, y el señor Harrington, que Dios lo bendiga, contrató a esa chica para cuidar a los niños.

–Debía de tener verdadera devoción por su esposa –murmuré.

–Ni se lo imagina –confirmó–. Le daba todo lo que ella quería. El señor Harrington la tenía en un pedestal.

Que era exactamente lo mismo que el señor Warren había dicho sobre su propia esposa. No sabía en qué me había equivocado yo. ¿O era que ellas habían hecho algo bien? Yo ni siquiera había conseguido que Stan pusiera el agua a hervir para el té, y mucho menos que hiciera realidad mis sueños.

–¿Dónde está ahora la niñera?

La señora Rogers blandió un dedo hacia mí.

–¡Ni se le ocurra ir por ahí, señora Miller! La chica volvió de inmediato a Lambcott, con su familia. El señor Harrington jamás habría permitido un solo rumor. No habría sido correcto que ella se quedara en la casa ahora que no están ni la señora Harrington ni los niños.

–No, por supuesto. –La señora Rogers me entregó un sello y yo rebusqué en el bolso hasta que encontré monedas suficientes para pagar–. Gracias.

No pregunté nada más porque la señora Rogers parecía serle leal a la señora Harrington, pero quería saber el nombre de la niñera. Sería interesante hablar con ella. Al haber trabajado en la casa, habría tenido acceso a todo tipo de información sobre los Harrington que podía resultar muy útil para descubrir al asesino de Elsie. Seguro que la señora Garrett sabía cómo se llamaba. Una vez supiéramos el nombre, sería muy fácil encontrarla en el cercano pueblo de Lambcott.

Tras salir de la oficina de Correos, me quedé parada en la calle mientras decidía qué hacer a continuación. ¿Adónde debía ir, a casa o al *pub*? Luke me había sugerido que hablara con el señor Harrington, pero no creía que él tuviera muchas ganas de hablar conmigo en el *pub*, sobre todo si estaba lleno.

Al pensar en el *pub* me acordé de que Joe Noble todavía no había aceptado mi trato. Aunque no quería hablarle a la Policía de sus ventas ilegales de alcohol, tampoco quería que se saliera con la suya pagándome menos de lo que me debía.

Decidí volver a casa y por el camino tracé un plan para conseguir que Joe me pagara y para encontrar a la niñera, mientras me preguntaba qué me contaría la señora Garrett cuando viniera a verme con la información sobre la casa de Phyllis Jones.

Después de abrir el cerrojo de mi verja, la crucé y distinguí un paquete delante de la puerta. Qué raro. No recordaba la última vez que había recibido un paquete. Quizá Ruby hubiera pedido algo y se había olvidado de comentármelo.

Al recogerlo, vi mi nombre y mi dirección escritos en grandes letras mayúsculas. El paquete estaba envuelto con papel marrón de embalar y atado con un cordel. Al tirar del cordel, el papel se abrió enseguida entre mis manos y algo cayó a mis pies.

Di un respingo instintivo, pero tardé varios segundos en reconocer y asimilar lo que descansaba junto a mis botas de trabajo.

Era una rata.

Una rata muerta.

Los ojos se me llenaron de lágrimas y abrí la boca para gritar tan fuerte como pude.

—¿Señora Miller?

—¿Qué ocurre?

—¿Quién está gritando?

Las diversas voces penetraron en mi consciencia al mismo tiempo, mientras la gente salía apresuradamente de sus casas y se dirigía a la mía. Divisé la cabeza de Luke, que destacaba entre la mayoría de las demás al tiempo que se abría paso hasta el frente, abría la verja y llegaba junto a mí en varias zancadas.

—¿Qué diantres ha pasado?

Yo señalé al suelo; las manos me temblaban tanto que no confiaba en que me saliera la voz.

–¿Qué pasa? –exclamó la señora Burnett.

–Alguien ha dejado un animal muerto en la puerta de la señora Miller –le explicó Luke a mi vecina–. ¿Puede ir a la cocina y poner la tetera a hervir?

Yo metí la mano en el bolso y rebusqué mi llave.

–No... No encuentro mi llave.

–Deme –dijo él con amabilidad–. Deje que la ayude.

Me di la vuelta para darle el bolso y perdí el equilibrio. Él me sujetó con una mano bajo un codo y la otra alrededor de la cintura.

–¿Qué significa todo esto? –tronó una voz por encima del murmullo de conversaciones.

Luke dejó caer mi bolso sobre el suelo.

–Oh, cielos.

Seguí su mirada y vi a un hombre bajo ataviado con una camisa púrpura con alzacuello clerical, que lo identificaba como el obispo.

«Cielo santo».

–¿Reverendo Walker?

–Su Excelencia –contestó él.

–¿Está borracha esa mujer? –rugió.

–No, Su Excelencia. En absoluto. La señora Miller acaba de llevarse un tremendo susto. Yo he venido aquí, igual que muchos de sus vecinos, al escucharla gritar angustiada.

–Ya –contestó el obispo, mirando la gente que ocupaba la calle delante de mi casa–. Será mejor que entremos. No quiero mantener esta conversación en la calle, con toda la parroquia escuchando.

–No podría estar más de acuerdo.

Luke acabó encontrando mi llave y abrió la puerta de entrada, tras recuperar su habitual compostura.

–¡Usted! –El obispo señaló a la señora Burnett–. ¿Quién es usted?

Maud hizo una reverencia desgarbada.

–Señora Maud Burnett, para servirle. Soy la vecina. Tengo que preparar té para la señora Miller.

Todo era surrealista. Alguien me había enviado una rata muerta. El obispo se había presentado en Westleham –algo que, hasta donde yo sabía, no había ocurrido jamás– y Maud hacía reverencias como si el clérigo fuera el mismísimo rey.

Un ataque irracional de risa me subió por la garganta y amenazó con hacerme estallar en carcajadas. Me apreté con fuerza la boca con los dedos mientras Maud se marchaba apresuradamente por el pasillo hacia la cocina.

–¿Alguien ha visto al agente Bottomley? Tiene que venir de inmediato a asegurar esta prueba. Creo que también deberíamos llamar al inspector Robertson para que venga desde Slough cuanto antes. –Luke señaló a alguien entre la multitud.

Aliviada al ver que alguien se hacía cargo de todo, recorrí el pasillo arrastrando los pies y abrí la puerta de la sala. Ansiosa por escapar al santuario de mi cocina y deleitarme con un abrazo reconstituyente con Lizzie, me volví hacia el obispo, que se quedó en la puerta.

–Por favor, siéntese –le dije–. Voy a poner la tetera en el fuego.

–Ni hablar. Tengo que hablar con usted de un asunto de la mayor importancia. Diría que la señora Burnett es más que capaz de preparar el té ella sola.

A mí me parecía que un vaso alto de ginebra de ciruela era más adecuado después de la semana que había tenido, pero no me atreví a sugerirlo. Tal vez cuando él se marchara, podría permitirme dar un traguito y dispondría de tiempo para intentar asimilar todo lo ocurrido.

El obispo se acomodó en mi sillón habitual cerca de la ventana. Yo me decanté por el sofá, dejando libre el sillón de delante del obispo para Luke. No sentía ningún deseo de sentarme frente a un hombre de aspecto tan severo.

Luke entró en la sala y me miró primero a mí y luego al obispo.

–Qué placer más inesperado verlo en Westleham, Su Excelencia.

–Sí que es inesperado –convino él–, pero de placentero no tiene nada.

Luke cerró la puerta con firmeza y se sentó en el sillón vacío. El sillón de Stan. Yo metí las manos entre los muslos para mantenerlas quietas, aunque nada pude hacer con el evidente tembleque de mis piernas.

El obispo me contempló con aversión y luego miró a Luke.

–¿Está seguro de que esta mujer no está borracha?

–Sí –contestó él con calma–. La señora Miller ha sido víctima de una broma pesada espantosa. Alguien le ha mandado un paquete con un animal muerto dentro.

–Era una rata –dije, con una voz que resonó en la estancia cerrada.

–¿El qué era una rata? –preguntó el obispo, haciendo hincapié en cada palabra.

–El animal muerto –respondí, sintiéndome idiota.

–Reverendo Walker. –Se volvió hacia Luke tras decidir que, por lo visto, no valía la pena hablar conmigo–. Iré directo al grano.

–Gracias, Su Excelencia. Se lo agradecería mucho. Estoy convencido de que la Policía local querrá entrevistar a la señora Miller.

–¿Y eso qué tiene que ver con usted?

–Es posible que la señora Miller, que es un miembro muy apreciado de esta parroquia, necesite mi apoyo –dijo Luke–. Y posiblemente también mi orientación espiritual, tras un suceso tan traumático.

–Tengo entendido que su feligresa y usted han mantenido una relación bastante estrecha desde que llegó al pueblo.

Se me encendieron las mejillas, lo cual era de lo más molesto. Aparte de alguna que otra ensoñación indulgente, no había hecho nada de lo que tuviera que avergonzarme.

–Me temo que no sé a qué se refiere –dijo Luke en un tono tan calmado que me puso de los nervios.

¿Cómo podía mostrarse tan sereno cuando alguien estaba cuestionando su reputación?

–¿Acaso niega que haya tenido encuentros clandestinos con la señora Miller?

–De pleno. –Luke se inclinó un poco hacia delante, pero su tono relajado no se alteró–. Y con vehemencia.

El obispo se sacó una carta del bolsillo interior de la chaqueta.

–He recibido una carta de alguien que se identifica como «un vecino preocupado». Dice que su relación ha cruzado los límites del decoro.

Yo tendí la mano.

–¿Puedo verla?

–No veo qué falta le hace ver la carta, señora Miller. O bien son culpables o bien no.

–El vicario ha venido a cenar en una ocasión –dije, en un tono monótono–. Mi hermana estaba presente. Hemos paseado juntos a mi perra, al aire libre. Hemos hablado de las experiencias del vicario en la guerra y de mi marido desaparecido. Le aseguro que no hay nada de indecoroso en nuestra relación.

–¿Por qué cree que alguien le ha enviado una rata muerta?

Su repentino cambio de tema me cogió desprevenida. Parpadeé.

–Lo único que se me ocurre es que tenga que ver con los asesinatos.

–¿Por qué iba usted a ser la víctima de un ataque tan cruel? –Había casi una nota de simpatía en la voz del obispo.

Me permití relajarme un poco.

–Debe de ser porque estoy intentando averiguar quién es el asesino. A lo mejor tratan de asustarme.

–Había una nota –dijo Luke a regañadientes.

–¿En el paquete?

–Sí. –Me miró antes de añadir–: Lo siento.

Tuve la sensación de que unos dedos helados bailaban sobre mi piel, dejándome los pelos de punta a su paso.

–¿Qué decía?

–Que, si no deja de investigar, acabará tan muerta como la rata. Algo por el estilo.

Asentí pausadamente con la cabeza.

—Me imaginaba que esa era la amenaza implícita.

—No es implícita, señora Miller —dijo el obispo—. Es explícita. Supongo que la Policía viene de camino, ¿no?

—He enviado a alguien a buscar al policía del pueblo —confirmó Luke.

—¿Tiene usted algo que ver con esta «investigación»?

El obispo arqueó una ceja en dirección a Luke.

—Como vicario de la parroquia, creo que forma parte de mis obligaciones asegurarme de que el pueblo es un lugar seguro.

El obispo agitó la carta en el aire.

—Su obligación es preocuparse por el bienestar espiritual de los feligreses, no involucrarse en asuntos policiales. Con lo que está haciendo, se pone en peligro no solo a usted mismo, sino también a esta mujer.

—Soy más que capaz de ponerme en peligro yo solita. —Me levanté y me acerqué al obispo, agradecida de que mis piernas soportaran mi peso a pesar de que temblaban más que las de un potro recién nacido—. ¿Puedo ver la carta, por favor?

Sin decir palabra, me la entregó y yo la examiné. Las palabras no me importaban. Solo me fijé en la letra.

—¿Ve algo relevante, señora Miller? —preguntó Luke.

—Es la letra de la señora Harrington.

—¿No es esa la desdichada mujer que murió en su cama?

Dejé escapar un suspiro.

—Sí, así es. Debió de enviarla antes de morir.

Lo que insinuaba la carta me daba un motivo excepcionalmente bueno para querer silenciarla de manera definitiva. Miré a Luke con impotencia. Aquel misterio era como un ovillo de lana después de que un gato hubiera jugado con él: el hilo estaba enredado sin remedio y, por mucho que intentaras deshacer los nudos, acababa aún más enmarañado.

—Qué desgracia. —El obispo tendió la mano y yo le devolví la carta.

Me entraron ganas de reír. Era peor que una desgracia: era una tragedia en toda regla. Me estaban atacando incluso desde la tumba.

—Pienso que...

—No. —El obispo levantó una mano y observó a Luke sin rastro de simpatía en la voz—. Me parece que es un poco tarde para que empiece usted a pensar, reverendo Walker. Vuelva a la vicaría y manténgase alejado de la investigación y de la señora Miller. En caso contrario, tendré que plantearme sancionarlo.

—¿Por cumplir con mi deber? —preguntó Luke con atrevimiento.

—Por interferir en los deberes de lo demás. Si está aquí, es únicamente porque yo lo permito. Puedo cambiar de opinión en cualquier momento, y haría bien en recordarlo. —Señaló la puerta—. Y ahora márchese. Y averigüe qué está haciendo esa mujer infernal con el té. ¿Ha ido a la India a buscarlo?

Cuando Luke se hubo marchado, el obispo se volvió hacia mí.

—¿Es cierto que es usted una mujer casada?

—Sí —conteste—. Hace poco más de un año, mi marido se fue a trabajar y nunca más volvió. La Policía no ha podido encontrar ni rastro de él.

—¿Es usted sospechosa de su desaparición?

—No. —Miré por la ventana el grupo de vecinos que seguía arremolinado junto a la verja—. Al menos no por lo que respecta a la Policía. En cuanto a mis vecinos, su opinión sobre el tema es bastante más fantasiosa.

—¿Piensa que esta carta es maliciosa?

—No me cabe duda —asentí—. Aunque entiendo que usted crea que, cuando el río suena, agua lleva.

—No es mi deber valorar la veracidad de los rumores de este pueblo —dijo—, sino asegurarme de que todo el mundo disfruta de bienestar espiritual. Lo entiende, ¿verdad?

—Sí.

—¿Puedo confiar en que ayudará al nuevo vicario a atender del mismo modo a todos los feligreses?

–Por supuesto –dije categóricamente–. Convenceré al vicario de que no pase tanto tiempo conmigo si eso no contribuye a cumplir con sus deberes parroquiales.

–Gracias, señora Miller. Me voy; no hace falta que me acompañe.

Al abrir la puerta de la sala, la señora Burnett irrumpió en la estancia con su vestido de andar por casa, con estampado de cachemira, ondeando alrededor de sus pantorrillas.

–Aquí lo traigo.

–¿Dónde diantres estaba? –quiso saber el obispo.

–Necesidades imperiosas, Su Excelencia.

Yo disimulé una risa que temía que sonara más histérica que divertida. Él meneó la cabeza.

–Tengo que ocuparme de mis obligaciones. Señoras, que tengan un buen día.

En cuanto se cerró la puerta de entrada, Maud se dejó caer en el sofá, a mi lado.

–Bueno, no se preocupe por nada, querida. Lo he escuchado todo, palabra por palabra. Por ahora, yo seré su intermediaria. Cualquier cosa que tenga que decirle al vicario, yo se lo transmitiré, y viceversa. No puede rendirse.

Me dio unas palmaditas en la mano y, con gran horror, no pude evitar echarme a llorar de inmediato.

Varias horas después, tras hablar con el agente Bottomley y deleitar a Ruby con el relato de los sucesos del día, me acomodé sola en la sala. Es decir, sin ningún otro ser humano. Recordé cómo, hacía justo una semana, me lamentaba por no tener a nadie con quien hablar, mientras que, ese día, no había estado sola desde el momento en que me había levantado. Ser sociable era agotador. Aun así, no estaba preparada para irme a la cama.

–Voy a echar de menos ver al vicario cada dos por tres –le dije a Lizzie–. Su presencia es muy reconfortante.

Aunque los perros no pueden arquear las cejas en un gesto de incredulidad, la expresión de Lizzie era el vivo reflejo del escepticismo.

—Bueno, vale, voy a echar de menos sus bonitos ojos azules y esa sensación de estar en buenas manos.

Ella dio un coletazo sobre el suelo.

—Ojalá tuviera algo que hacer.

Bajé la vista hacia mi labor, pero no estaba de humor para cometer más errores con un patrón que quedaba muy por encima de mis capacidades y que ni siquiera tenía a quién regalar.

La radio estaba en silencio. La había apagado cuando Ruby se había ido a dormir. Por lo general, me resultaba reconfortante, pero esa noche estaba demasiado inquieta como para añadir su sonido a todo lo que ya ocupaba mi mente.

—Lo sé. Voy a repasar las notas de Alice. A lo mejor encuentro algo que explique por qué Margaret Leaming ha decidido marcharse de Westleham tan de improviso.

Abrí el pequeño secreter de la esquina que Stan había utilizado para guardar las facturas y su chequera. Cuando encontré un bolígrafo y papel, me dirigí a la cocina.

Había escondido la caja con los documentos de Alice en la despensa, detrás de un saco de patatas. Tras hacerme con ellos, los coloqué sobre la mesa de la cocina y me acerqué el papel.

Dividí la hoja en cuatro columnas y le puse un título a cada una:

Nombre	Móvil	Medios	Oportunidad

En la primera columna escribí: «Joe Noble, George Felton, Charles Warren, Ada Garrett, Margaret Leaming». A continuación le di la vuelta al papel y repetí el proceso; un lado sería para el asesinato de Alice y el otro para el de Elsie.

Aunque creía que de lo único que era culpable la señora Garrett era de ser una mujer solitaria a la que le gustaba demasiado cotillear, cuatro sospechosos me parecían pocos.

–Si he apuntado a Charles, lo más justo es que también añada a Ernest. –Miré a Lizzie–. ¿Tú qué crees?

Ella abrió un ojo y meneó la cola. Lo interpreté como un sí, lo cual me complació. Seis sospechosos quedaban mucho mejor sobre el papel que cinco.

Rellené todas las casillas de mi análisis de sospechosos, como había decidido llamarlo, y luego me acerqué de nuevo al secreter para coger un sobre. Le pediría a Maud que le llevara la nota al vicario por la mañana, para que incorporara sus ideas al documento. Tal vez, al ver todo escrito sobre el papel, lo veríamos todo más claro.

Procedí entonces a revisar los expedientes del comité del pueblo, uno por uno. Aunque era poco probable que encontrara algo, a lo mejor había alguna cosa en las notas que me diera una pista de por qué habían asesinado a Alice.

Cuando pensaba que ya no podía seguir descifrando durante más rato la espantosa letra de Margaret Leaming, así como la de Alice, que no era mucho mejor, encontré algo que no me cuadraba en absoluto.

El documento parecía ser un esquema que mostraba quién se iba a ocupar de cada uno de los puestos de la feria. De lo más inofensivo. Era una hoja mecanografiada con la ubicación de cada puesto, lo que se iba a exponer y quién estaba a cargo. La mayor parte de la información estaba escrita a máquina, pero Alice había añadido a mano los nombres de las personas.

No recordaba haber participado en aquella reunión, lo cual no tenía ningún sentido, pues había estado involucrada en todas las fases del proceso. Sin embargo, al mirar la fecha, todo cobró sentido: era el día que había llevado a Lizzie al veterinario para su revisión anual. Alice y Margaret se habían reunido en casa de esta última por si les hacía falta la máquina de escribir.

El documento era de lo más anodino, a excepción de algo que Alice había escrito en la esquina superior izquierda. No tenía nada que ver con la feria y no se me ocurría ningún motivo para que Alice lo hubiera añadido.

Había escrito: «¿Sheraton?».

La única vez que había escuchado esa palabra en los últimos tiempos era en boca de Margaret Leaming, cuando me dijo que el aparador que yo estaba admirando en su casa no era auténtico. No se me ocurría a santo de qué Alice había escrito el nombre del fabricante de muebles en un documento con el plano de la feria del pueblo.

13

Al día siguiente, seguía sin poder quitarme de la cabeza la curiosa anotación que había encontrado. Aquella mañana tenía aún menos sentido que el día anterior.

Tras enterarse de lo ocurrido, Ruby se mostró reticente a dejarme sola mientras ella se iba a trabajar. Me hizo prometerle que me quedaría en casa a menos que hubiera una emergencia, y que cerraría todas las puertas con llave. Yo esperaba que considerara que ir a ver a la niñera de los Harrington era una emergencia, porque tenía intención de hacerlo en cuanto averiguara dónde vivía.

Estaba a punto de salir al huerto cuando escuché el golpe de la aldaba. Entré en la sala y eché un vistazo a través de los visillos para ver quién era. Ruby se habría sentido orgullosa de mí.

Me dirigí apresuradamente a la puerta.

—Inspector.

—Buenos días, señora Miller.

—Pase —dije—. ¿Tiene novedades?

—Así es. —Colgó el sombrero en el perchero y me siguió hasta la sala—. Por favor, no se moleste en poner la tetera a hervir; será una visita corta.

—¿Ha averiguado quién envió el paquete?

Él miró hacia la puerta.

—Lo que hemos averiguado es que no se lo enviaron por correo postal, sino que lo dejaron en su portal.

Yo resoplé.

—Eso se lo podría haber dicho yo. El paquete no tenía ningún tipo de sello, así que era bastante evidente que lo había traído alguien. Y, si busca a mi hermana, está en el trabajo.

–No estaba... –Se le pusieron las orejas rojas–. Debido a que el paquete no se envió por correo, será muy difícil rastrear quién lo dejó. Todo en él es genérico, desde el papel para envolverlo hasta el cordel. Además, las palabras están escritas con mayúsculas.

–Nada de lo que me cuenta es una novedad.

–La información que he venido a traerle tiene relación con los asesinatos. En cuanto al paquete, quería que supiera que lo estamos investigando. Para su tranquilidad.

–Me temo que eso es algo que no puede darme. –Un escalofrío me recorrió el cuerpo al recordar el horror que había sentido cuando el animal muerto había caído a mis pies–. Han asesinado a dos de mis vecinas y, por lo visto, ahora yo soy el objetivo. Dígame, ¿cómo va a hacer que me sienta a salvo?

–Hemos puesto a dos agentes uniformados a patrullar por el pueblo –dijo–. Eso debería disuadir al desalmado.

–Cyril Bottomley vive aquí y su presencia no ha sido disuasiva en absoluto –espeté–. Solo volveré a sentirme a salvo en mi propia casa cuando averigüe quién es el asesino.

–Entiendo su frustración. –Se retiró de la frente un grueso mechón de pelo rubio ondulado–. Sin embargo, tiene que dejarme la investigación a mí. No solo es mi trabajo, también tengo la experiencia y el bagaje que usted no tiene. Por no hablar de que intentar desenmascarar al asesino por su cuenta podría ponerla en un peligro innecesario.

–¿Qué novedades tiene?

No quería discutir con él. Solo quería que me contara las últimas noticias y se marchara para que mis vecinas pudieran venir y empezar a revelarme la información que habían averiguado.

–El forense está bastante seguro de que a ambas mujeres las mataron con cianuro. Espero poder limitar rápidamente la lista de sospechosos registrando la casa y el jardín de todo el mundo.

Dejé escapar una breve carcajada.

–Será un ejercicio inútil, inspector. Se lo digo desde ya. Hay mucha gente en Westleham que guarda cianuro en el cobertizo del jardín.

–¿Por qué iba alguien a guardar un veneno mortal en su cobertizo?

Sonreí.

–Puedo justificar su ignorancia porque no vive usted en el campo. El cianuro se utiliza de manera rutinaria para destruir nidos de avispas. Y también es uno de los componentes del veneno para ratas.

Él arqueó la ceja al escuchar la información.

–¿Quién puede tenerlo?

–Yo lo tengo –reconocí–. Y cualquiera que se dedique en serio a su jardín, también. No me cabe duda de que George Felton tendrá. Supongo que sabe que es el jardinero de los Harrington, ¿verdad?

–Sí, lo sé –contestó él, enfadado–. Como le dije, estamos satisfechos con la coartada que nos ha proporcionado para ambos asesinatos.

–Tengo una información que me gustaría compartir con usted –dije–. Tal vez no signifique nada, o tal vez signifique algo muy importante. Anoche revisé los papeles de Alice. En su mayor parte son documentos relacionados con el comité, o sea que no tienen ningún interés. Sin embargo, escribió algo a mano en la esquina de una hoja. No guarda relación con el contenido del documento, que está todo escrito a máquina.

–¿Qué escribió?

–Una sola palabra –dije, sintiéndome tonta–. «Sheraton».

–¿Sheraton? –El inspector frunció el ceño–. ¿Como la marca de muebles?

–Me pareció extraño, porque, cuando estuve en casa de la señora Leaming el domingo por la tarde, hice un comentario sobre el bonito aparador que tiene en la sala y ella se apresuró a decirme que era una imitación. No le di importancia porque su comportamiento ese día fue en general muy extraño.

–Me temo que no puedo investigar a alguien basándome en que se comporta de manera extraña. Necesito pruebas.

–Entonces tendrá que darse prisa para ir a verla y conseguir las pruebas que necesita –le dije–. Me ha contado que va a venderlo todo y marcharse del pueblo. Lo cual también es raro, ¿no cree?

–¿Le ha contado que se marcha?

Separé las manos con las palmas boca arriba.

–Me dijo que era porque tenía miedo.

–¿Y usted la creyó?

–No. –Deseé que hubiera una manera de hacerle ver lo que tenía delante de sus narices: que Margaret Leaming ocultaba algo–. Tiene que hablar con ella.

–De acuerdo –accedió–. La iré a ver aprovechando que estoy en el pueblo, aunque no estoy seguro de que sirva de algo. ¿Qué motivo podría tener?

–No lo sé –admití–. Ayer por la mañana, cuando vino a verme, estaba bastante desatada. Nos acusó a Alice y a mí de ser unas entrometidas.

El inspector se revolvió en el asiento y me di cuenta de que pensaba lo mismo que el vicario: que los habitantes de Westleham eran todos demasiado curiosos.

–Le repito que no puedo investigar a alguien basándome en...

–Usted vaya a verla –lo corté, airada–. Únicamente trato de ayudarlo indicándole la dirección correcta. Mientras esté allí, es posible que averigüe quién se ocupa de su jardín y cómo le paga ella sus servicios.

–¿Qué tiene que ver eso?

No quería volver a decir «No lo sé», a pesar de que era la verdad. Si supiese lo que significaba todo aquello, no habría necesidad de que él hiciera nada. El asesino ya habría sido desenmascarado, Westleham podría recuperar la normalidad y yo no me vería en la necesidad de sospechar de mis vecinos..., y a la vez no sería el blanco de sus sospechas. Sin contar a Maud, por supuesto. Estaba bastante segura de que, si esa mujer me hubiera querido muerta, ya estaría descansando en la tumba.

–Siempre tiene dinero –le conté–. Por lo visto, es dueña de una casa en Cornwall. Pero todo tiene una pátina de falsedad. Se presentó en el pueblo de improviso y, en realidad, nadie sabe nada sobre ella, pero, cuantas más cosas descubro, menos sentido tienen.

–¿Confía en alguien aquí en el pueblo, señora Miller?

–En mí, en Ruby y quizá en el vicario.

–¿Ya está? –Sonrió–. ¿Y el vicario solo merece un «quizá»?

Me encogí de hombros.

–Parece de confianza, pero hace demasiado poco que lo conozco para estar segura. En un pueblo pequeño hay muchos secretos, inspector. La mayoría de la gente tiene por lo menos uno. A lo mejor alguien ha matado para evitar que el suyo se haga público.

Él se levantó.

–Tengo que irme. Por favor, acuérdese de lo que le he dicho, señora Miller. A partir de ahora habrá agentes uniformados en el pueblo. Espero que eso la ayude a sentirse más segura.

Era evidente que pensaba que mis miedos eran absurdos y solo me daba la razón como a los tontos, sin tomarse en serio mi preocupación. Deseé ser más elocuente y poder explicar a qué me refería, en lugar de sonar como una loca paranoica.

–Mi hermana suele llegar del trabajo alrededor de las seis, por si quiere volver y ponerme al día de sus progresos.

–No será necesario –me dijo con frialdad.

–Vaya, qué pena. –Sonreí con malicia–. Le sabrá muy mal no haberlo visto.

–Ah, ¿sí? –preguntó enseguida. Demasiado deprisa para un hombre que fingía no estar interesado.

–A lo mejor podría pasarse a tranquilizarla, ¿no cree? –propuse–. Estoy segura de que se lo agradecerá mucho.

–Sí, bueno... A ver si me da tiempo. –Se dirigió al recibidor y cogió el sombrero del perchero–. Hasta luego, señora Miller.

Le abrí la puerta en el mismo momento en que Maud Burnett se acercaba por el camino con el sobre que le había dado esa mañana para que se lo llevara al vicario.

–Que pase un buen día, inspector.

–¡Qué emocionante! –exclamó Maud, apresurándose a entrar con las mejillas encendidas–. Me siento como una espía.

Pasamos a la cocina, donde ella abrió el sobre y sacó la hoja en la que yo había escrito mis deducciones la noche anterior. Luke había anotado con tinta roja: «No hay relación evidente entre los dos asesinatos». Su afirmación no resultaba en absoluto útil. Eso ya lo sabía, era el motivo que me había llevado a poner mis pensamientos por escrito.

–Al vicario no se le ha ocurrido nada nuevo. –Fui incapaz de disimular la decepción de mi voz.

–Al contrario –dijo Maud–. Hay más.

Impaciente, sacó un trozo de papel más pequeño.

–¿Qué es eso?

–La información que le pidió a Luke sobre la señora Leaming. –A Maud le bailaron los ojos–. Nunca ha estado casada. Por lo menos, no con el nombre de Margaret Leaming.

–Creo que no la entiendo.

–El amigo del vicario ha dicho que no hay ninguna mujer llamada Margaret Leaming, con una edad que coincida con la suya y que se haya casado. Sea Leaming su apellido de soltera o de casada. No sé usted, pero a mí me parece que mentir sobre la muerte de tu marido es de muy mal gusto.

–Estoy totalmente de acuerdo. –Di unos golpecitos con el bolígrafo sobre el papel–. Eso significa que es tanto una mentirosa como una persona muy desagradable, pero no la convierte en una asesina.

–El vicario cree que eso explica por qué se mostró tan amable con usted tras la muerte de la señora Warren.

–¿En qué sentido?

–Ha dicho que le bailó el agua para averiguar qué sabía usted.

–Por no hablar de que, al mostrarse amable, yo no la consideraría sospechosa. Hay que ser boba. Yo sospecho de todo el mundo.

—¿Hasta de mí? —preguntó Maud en tono alegre—. ¡Qué emocionante!

—He decidido que es imposible que el vicario o usted sean el asesino.

—Oh, yo no descartaría al vicario. Estoy segura de que puede tener emociones intensas.

—Solo lleva unos días en el pueblo —protesté—. No ha vivido aquí bastante tiempo para odiar lo suficiente a alguien como para matarlo.

—Supongo que es verdad —convino Maud—. ¿Significa eso que Ada Garrett sigue en su lista? Se quedará hecha polvo. Creo que le cae usted bien.

—¿En serio?

Bajé la vista hacia las casillas del papel. Las que había junto a su nombre estaban en su mayor parte vacías. No se me ocurría un motivo por el que hubiera querido matar a ninguna de las dos mujeres, ni veía cómo habría podido tener la oportunidad de acercarse lo suficiente a la señora Harrington como para envenenarla.

—No ha sacado a relucir el nombre de Stan ni una sola vez —informó Maud.

—Bueno, sin duda es un avance —convine—. ¿Ha averiguado algo sobre el dueño de la casa en la que vive la señora Leaming?

—Así es. —Maud sacó un papel doblado del bolsillo lateral de su bolso—. Los dueños son los hijos de la señora Jones, a través de un fondo fiduciario que es el que le alquila la casa a la señora Leaming.

Levantó la vista del papel para asegurarse de que la escuchaba.

—Continúe.

—Esta es la parte interesante —dijo, como si yo no lo hubiera deducido ya—. El depósito se pagó con un cheque, y el nombre que constaba en el cheque no era el de la señora Leaming. Esa misma persona es la que realiza los pagos directamente a la inmobiliaria el primer día de cada mes.

—¿Quién paga el alquiler?

—Arthur Wade.

Mi excitación se esfumó. No sé qué nombre esperaba escuchar, pero aquel no me decía nada. Otra pieza del rompecabezas que no encajaba.

–¿Cómo ha averiguado la señora Garrett esa información?

–Solo sé lo que le ha contado al vicario, que es que la mujer de la limpieza de la inmobiliaria localizó los datos.

–¿Localizó? ¿Qué significa eso?

Maud encogió un hombro.

–Le he contado todo lo que sé.

Ahora disponíamos de más información, pero no por ello las cosas estaban más claras.

–¿Sabe ya la señora Garrett cómo se llamaba la niñera de los Harrington?

–Sí, se llama Nancy Turner y vive en Lambcott, a tres casas de la iglesia.

–Tendré que coger el autobús. –Me puse en pie y rebusqué en un cajón–. Estoy segura de que tengo un horario por aquí.

–¿De verdad le parece una buena idea?

–¿Cómo voy a hablar con Nancy si no voy a verla?

Encontré el folleto que buscaba y me senté de nuevo.

–Si le pasa algo, no me lo podría perdonar –dijo Maud, con una expresión preocupada que destacaba aún más de lo habitual las arrugas de su cara–. Usted es una vecina muy tranquila. ¡Imagínese si tuviéramos aquí los mismos problemas que tuvieron en Winteringham!

Todo el mundo conocía los problemas que habían surgido en Winteringham, un pueblo cercano, cuando un padre con demasiado dinero y muy poca sensatez había dejado que su hijo usara su casa en el centro del pueblo. Los padres del muchacho vivían en Londres y nunca acudían a la casa, que, en su día, había pertenecido a una anciana tía. Había sido una decisión temeraria. Aunque no tenía hijos, hasta yo sabía las cosas que podía acabar haciendo un grupo de jóvenes sin supervisión..., ninguna de las cuales era buena.

–Gracias, señora Burnett –dije–. Me sentiré mejor sabiendo que está usted preocupada por mi seguridad.

Ni ella ni yo habíamos hecho alusión a mi ataque de llanto de la noche anterior. No estaba segura de cuál de las dos se sentía más avergonzada por la efusión emocional.

–Bueno, el vicario también ha dicho que me acuerde de comentarle que Florence Noble no preparó las bebidas que luego colocó en la bandeja y sirvió. La chica dice que, cuando entró en la carpa, estaban ya listas en la mesa. Creyó que las había preparado usted.

–Yo no fui. –Fruncí el ceño–. Solo di la vuelta a los vasos para que Florence pudiera llenarlos más deprisa.

–Ay, querida –dijo la señora Burnett–. Creo que el vicario no ha incluido esa información en su esquema. ¿Debería haberlo hecho?

¿Qué más daba mi rudimentario pedazo de papel? Aquella información era más importante que intentar organizar mis pensamientos deshilvanados.

–Enseguida vuelvo.

Entré en la sala y saqué otro par de hojas del secreter. Era un papel grueso y de buena calidad, del que se usaba para escribir cartas a alguien cuando querías dejar clara tu posición social. No del tipo que yo debería utilizar para anotar mis ideas acerca de unos asesinatos.

Al llegar a la puerta, me detuve y miré hacia el secreter. ¿Cuántas veces había visto a Stan sentado ahí por la noche, escribiendo cartas? Tantas que no podía contarlas. No recordaba haberle preguntado nunca a quién iban destinadas. Y, si lo había hecho, ya no recordaba su respuesta.

El hecho de usar el papel de cartas especial de Stan para mis pesquisas detectivescas era bastante irreverente. Un escalofrío de emoción me recorrió el cuerpo. No podía negar mi regocijo al pensar en lo mucho que a Stan le hubiera molestado, tanto que usara su papel como mis indagaciones para descubrir a un asesino. Pero Stan ya no estaba allí, y plegarme a sus deseos no me había servido de nada a lo largo de nuestro matrimonio, así que, ahora que ya no podía reprenderme, estaba más que decidida a empezar a hacer lo que me apeteciera.

—¿Qué más necesita escribir? —preguntó Maud al tiempo que yo me sentaba a la mesa de la cocina.

—Otras cosas —contesté, y levanté una mano al ver que abría la boca para hablar de nuevo—. A ver, en esta hoja tenemos nombres, móvil, medios y oportunidad. En esta otra, voy a anotar cosas que sabemos y que no tienen lógica. Y en la tercera escribiré una lista de todo lo que todavía nos falta por averiguar.

—Es usted muy inteligente, señora Miller —señaló Maud—. ¿Quién lo iba a decir?

Sonreí, decidida a prestar atención únicamente a la primera parte del comentario de Maud.

—Bien, manos a la obra. El autobús sale en cuarenta y cinco minutos, y tengo que cogerlo si quiero hablar con Nancy y regresar a tiempo para prepararle la cena a Ruby.

Después de una reconfortante taza de té y un sándwich, me subí al autobús en dirección a Lambcott. La única tregua que daba el calor sofocante que hacía en el viejo vehículo traqueteante era la puerta que se abría para dejar entrar y salir a los pasajeros.

En lugar de la blusa vieja y los pantalones para trabajar en el huerto que solía llevar, me había puesto un vestido rescatado del extremo izquierdo de mi armario. En la parte derecha, las camisas, pantalones y jerséis de Stan, así como su único traje bueno, colgaban ordenados como si esperaran que su dueño regresara y se los pusiera. El otro lado era para mi ropa y, apretujados al final, había varios vestidos que en su época había llevado al trabajo. Hacía más de seis años que no los tocaba; desde el día en que había dejado de trabajar, que fue el día antes de casarme con Stan.

El vestido era ahora de un gris extremadamente desvaído; aun así, resultaba mucho más adecuado para visitar a alguien que mi habitual atuendo de jardinería o los vestidos prácticos de diario que solía llevar, heredados de mi madre y que habían conocido tiempos mejores.

Cuando el autobús se paró en el centro de Lambcott, localicé la tercera casa a partir de la iglesia. Era un edificio pequeño y bonito con la pared lateral cubierta de hiedra verde botella. Al ver los rosales en el jardín delantero, supe instintivamente que aquellas personas iban a caerme bien. No podía ser de otra manera, con el inmaculado jardín que tenían.

Llamé con los nudillos a la puerta, con la esperanza de que me invitaran a entrar y de que tuvieran bebidas frías en la nevera. Mi vestido era elegante, pero no era adecuado para el verano. Me habría encantado tener una de esas creaciones vaporosas que flotaban a la altura de la pantorrilla de las mujeres en las revistas que Ruby traía a casa. Claro que eso era absurdo. ¿Qué necesidad tenía yo de vestidos bonitos cuando me pasaba la mayor parte del tiempo de rodillas en el huerto, ocupándome de las verduras?

—¿Sí? —Una mujer de mediana edad me miró a través de unas gruesas gafas—. ¿En qué puedo ayudarla?

—¿Es esta la casa de Nancy Turner?

—Sí. —La mujer cruzó los brazos sobre el pecho—. Soy su madre. ¿Quién es usted?

—Me llamo Martha Miller y vivo en Westleham. —Tendí la mano para darle un apretón—. Encantada de conocerla.

—Igualmente, estoy segura. —La señora Turner me dedicó una mirada recelosa—. ¿Qué podemos hacer por usted?

—Me preguntaba si podría hablar un momento con Nancy, por favor. Es muy importante.

—¿Sobre qué?

Aunque su actitud no era hostil, no había atisbo de cordialidad en su voz.

—¿Quién es, mamá? —se oyó a alguien detrás de la señora Turner.

—No te preocupes —contestó su madre—. Vuelve a la cocina.

—Por favor, señora Turner —dije—. Tengo que hablar con Nancy.

–¿Conmigo? –preguntó la chica, que se acercó hasta quedar justo detrás de su madre.

A pesar de haber visto a Nancy por el pueblo con los hijos de los Harrington, nunca había estado tan cerca de ella. Era increíblemente guapa. Unos enormes ojos azules dominaban su rostro, enmarcado por una densa melena morena. Me pareció que era igualita a las fotos de Vivian Leigh que salían en las revistas.

–Sí, si tiene un momento, se lo agradecería. No tardaré mucho.

–Es usted de Westleham, ¿verdad? –Nancy me estudió por encima del hombro de su madre.

–Así es.

–¿Qué daño puede hacer? –le dijo a su madre–. Si estás preocupada, puedes quedarte conmigo en la habitación.

–Claro que estoy preocupada –repuso la señora Turner–. La mujer para la que trabajabas en ese pueblo está muerta.

De alguna manera, la señora Turner consiguió que sonara como si la señora Harrington tuviera la culpa de haber muerto. O tal vez creyera que la reputación de Nancy había quedado manchada en cierta medida por haber vivido en una casa donde habían matado a una mujer.

–Vamos a la sala, mamá. –Nancy abrió la puerta del todo–. Pase, señora Miller.

A pesar de la bravuconería de la señora Turner, saltaba a la vista que era Nancy quien estaba al mando de la situación.

La chica se sentó en una butaca que parecía excepcionalmente cómoda, junto a la chimenea, mientras que su madre se quedó de pie justo detrás de ella. Yo me senté enfrente y le devolví a Nancy su sonrisa amistosa.

–Gracias por acceder a hablar conmigo.

–Echo de menos a los niños –dijo ella–. ¿No sabrá por casualidad dónde se encuentran?

–Me temo que no. –Dejé el bolso en el suelo, junto a mis pies–. No han vuelto al pueblo. Creo que la madre de la señora Harrington vino y se los llevó a vivir con ella, por ahora.

—Seguramente porque su padre es un desgraciado libidinoso y su madre estaba loca. —La señora Turner apretó los labios en una línea tan fina que casi desaparecieron.

—Mamá, por favor —dijo Nancy en tono paciente—. Eso no es del todo cierto.

—¿Le importaría contarme cuál es la verdad? —pregunté.

—Quizá no me importe si usted me dice por qué quiere saberla. Aunque ya no trabaje para los Harrington, soy de las que creen que hay que guardar lealtad a las personas que te contratan.

—Eso es de admirar. —Nancy me caía muy bien. Parecía una chica honesta, sin atisbo de la frivolidad y la volubilidad propias de muchas chicas de su edad—. He venido porque estoy intentando resolver los asesinatos. Por supuesto, sé que parece ambicioso y descabellado, pero creo que puedo averiguar más cosas que la Policía sobre los vecinos del pueblo, y nada me gustaría más que el hecho de que todo volviera a la normalidad.

Nancy asintió una vez, dando a entender que había decidido hablar conmigo.

—El señor Harrington es un hombre importante en Westleham, pero no es muy agradable. Trataba a la señora Harrington con bastante crueldad, aunque es verdad que ella bebía demasiado para su bien.

—¿Cree que bebía porque él era rudo, o era más bien al revés?

Nancy se lo pensó.

—No me lo había planteado nunca, pero creo que tiene razón. La señora Harrington siempre parecía beber más después de uno de sus desagradables intercambios de palabras.

—Eso no es lo mismo —dije—. Si las intercambiaban, quiere decir que la señora Harrington también era cruel con él.

—Así es como iban las cosas, señora Miller. —Nancy se ruborizó levemente y bajó la vista hacia su regazo—. El señor Harrington llegaba a casa y le sacaba la puntilla a algo que la señora Harrington había hecho o dejado de hacer. Conmigo siempre era muy amable, por cierto. Entonces, la señora Harrington se echaba a llorar y le contestaba a gritos que, si tanto le desagradaba estar con ella, mejor haría en divorciarse y casarse con su querida.

–Santo cielo –dije–. Qué situación más espantosa.

–Ahora entenderá por qué no quería que mi hija trabajara en semejante casa –intervino la señora Turner–. Consumo excesivo de alcohol y un hombre al que se le van los ojos detrás de las mujeres. Mi Nancy es una buena chica, pero, de haber seguido viviendo con esos dos, su reputación no habría tardado en quedar manchada.

–Sin duda. Sí, no me cuesta imaginármelo. –Nancy era una joven tan atractiva que no habría pasado mucho tiempo antes de que la gente se enterara de las acusaciones de la señora Harrington y le atribuyera la culpa a Nancy–. ¿Alguna vez vio pruebas de los flirteos del señor Harrington?

–No, y conmigo siempre se comportó como es debido. –Nancy se mordió el labio–. Es decir, nunca me hizo un comentario fuera de lugar, aunque a veces no me gustaba su manera de mirarme.

–Lamento mucho que tuviera que pasar por eso. –Me acordé de lo que me había dicho la señora Rogers en la oficina de Correos sobre la cantidad de tiempo que pasaba el señor Harrington en el *pub*. Caí en la cuenta de que no sabía si era algo que había hecho siempre con regularidad o solo tras la muerte de Elsie–. ¿El señor Harrington se marchaba de casa después de sus disputas?

–Siempre. –Nancy asintió con la cabeza para enfatizar sus palabras–. La señora Harrington nunca me confió sus cuitas, pero me imagino que, al igual que a mí, no le cabía duda de que, cuando el señor Harrington se marchaba de casa, era para ir a ver a su amante.

Nancy bajó aún más la voz al pronunciar la última palabra, como si fuera una palabrota. La señora Turner chasqueó la lengua en un gesto de desaprobación.

–Qué vergüenza.

–¿Sabe quién era ella?

–No, no era asunto mío. Yo estaba concentrada en proteger a los niños de lo que sucedía. Ese era mi trabajo.

—¿El señor Harrington pasaba mucho tiempo en el *pub*?

—Salía mucho por las noches –contestó Nancy con cautela–. No puedo decirle con certeza adónde iba.

—¿Tuvo ocasión de percibir alguna señal de una infidelidad?

—Recordé las cosas que había hecho Stan y que, en su momento, no habían tenido sentido alguno para mí, pero que con el tiempo había sido fácil atribuir a un secreto que trataba con todas sus fuerzas de ocultarme–. Como escribir cartas y esconderlas si alguien entraba en la habitación, salir a llamar por teléfono a horas intempestivas o no volver del trabajo a la hora habitual. Esa clase de cosas.

Nancy abrió la boca para responder y volvió a cerrarla. Yo contuve el aliento mientras ella reflexionaba sobre mi pregunta.

—Iba a decir que no, pero supongo que si alguien se fijara en esas cosas sería una esposa, no yo. Estaba muy ocupada con los niños, así que no siempre prestaba atención a lo que hacía el señor Harrington. Sin embargo, sí que hay una cosa que ocurría de vez en cuando y que era extraña. En su momento ya me lo pareció, pero, como quería conservar mi trabajo, no le di más vueltas.

—¿Qué es? –pregunté con impaciencia, inclinándome hacia delante como si eso fuera a hacer que Nancy contestara antes.

—A veces, cuando yo tenía la tarde libre, el señor Harrington me pedía que le echara una carta al buzón. No es una petición rara para alguien a quien tienes empleado, si no fuera porque los Harrington eran los dueños de la oficina de Correos. ¿Por qué no se llevaba la carta al trabajo y la mandaba él?

—Muy buena pregunta. ¿Ha llegado a una conclusión?

—Solo que el señor Harrington no quería que nadie lo viera enviando la carta.

—Supongo que no se fijaría usted en la dirección del sobre, ¿no?

—Estaba dirigida a un hombre de Edgecumbe, pero me temo que no recuerdo ni el nombre ni la dirección.

—Gracias, Nancy, me ha sido de gran ayuda.

—Bueno, señora Miller –dijo la señora Turner–. No se mueva de donde está. Ahora voy a ir a la cocina y traeré una bandeja de bebidas frías. Seguro que después del viaje en autobús y de tanto hablar tendrá usted sed.

–Es muy amable –contesté–. Será un placer.

–El autobús no volverá a pasar hasta dentro de cincuenta y cinco minutos –comentó Nancy–. Así que, hasta entonces, póngase usted cómoda. Ahora que mi madre sabe que no tiene por qué preocuparse de usted, volverá con una bandeja llena de todo tipo de cosas deliciosas. Me apuesto lo que quiera.

Nancy tenía razón. Su madre volvió con bebidas frías, sándwiches e incluso *scones* de fruta. Me permití relajarme y charlar con las Turner hasta que fuera hora de irme a casa.

Demasiado pronto para mi gusto, llegó el momento de coger el autobús y regresar a la vida real. Mientras el vehículo traqueteaba entre los campos, reflexioné sobre lo que me había contado Nancy y qué significado tenía para la investigación.

¿A quién escribía Ernest Harrington en Edgecumbe? Y ¿estaba eso relacionado de alguna manera con la aventura que Nancy aseguraba que mantenía?

14

Mientras caminaba por la calle en dirección a mi casa, Maud bajó apresuradamente por su camino de acceso para interceptarme.

–¡Yuuju, señora Miller!

–Buenas tardes, señora Burnett.

–El vicario está en mi casa –susurró.

–¿Y qué hace usted aquí fuera?

–He venido a decírselo. –Maud miró a derecha e izquierda, y luego a mí. Se estaba tomando su papel demasiado en serio. En lugar de parecer una espía, su actitud tan solo resultaba furtiva. Si alguien la estaba mirando, su comportamiento le parecería de lo más sospechoso–. Tiene que ir a su huerto, salir por la verja del extremo y entrar en el mío. He dejado mi verja abierta, así que no tiene más que empujarla. El vicario dice que tiene algo muy importante que contarle.

–¿De qué se trata?

–Me ha dicho que no puedo explicárselo. –Maud hizo un gesto de impaciencia con la mano–. Dese prisa, señora Miller. Me muero de ganas de que se entere.

Tras abrir la puerta y entrar en mi casa, le di unas palmaditas a Lizzie sin prestarle mucha atención mientras me apresuraba hacia la puerta trasera. Aunque lo que más deseaba era quitarme los zapatos e introducir mis pies acalorados en el barril del agua de lluvia del fondo del jardín, tendría que esperar. Me necesitaban en la casa de al lado.

Dejé a Lizzie en mi jardín, me escabullí por la verja y entré en el de la señora Burnett, que me esperaba ya en su puerta trasera.

–¡Dese prisa!

En cuanto puse el pie en su casa, la señora Burnett cerró la puerta a nuestra espalda y echó la llave.

—Usted nunca cierra con llave.

—Y usted debería —replicó ella—. ¿Es que no sabe que hay un asesino desmadrado por el pueblo?

Me dieron ganas de reír al escuchar la palabra que había escogido, pero entonces mi mirada se posó en el vicario, que estaba sentado a la mesa de la cocina. Madre mía, tenía la sensación de que había pasado una eternidad desde la última vez que lo había visto, aunque en realidad había sido la tarde anterior.

—Me alegro de verla sana y salva, señora Miller.

—Gracias, vicario —contesté, nerviosa—. A usted se lo ve muy bien.

Llevaba una camisa banca, como siempre, pero tenía las mangas remangadas, dejando a la vista sus robustos antebrazos. Nunca antes se me había ocurrido que un vicario pudiera estar musculado; sin duda no lo conseguía a base de escribir sermones o bautizar a bebés.

—¿Es así como se coquetea hoy en día?

—¡Señora Burnett! —Me atraganté—. Me refería a que el vicario está muy fresco, que no tiene calor. No he dicho «muy bien» porque...

—Ay, señora Miller, cállese. —Maud meneó la cabeza como si la hubiera decepcionado profundamente—. Ya hablaremos luego de esto.

Lo de introducir los pies en el barril de agua de lluvia para reducir mi temperatura corporal no iba a bastar. Si hubiera metido la cabeza en aquel preciso instante, habría salido vapor. Estaba muerta de vergüenza. Había una única manera de poner remedio a mi torpeza.

—Hablemos de los asesinatos —dije.

—Mientras usted estaba ausente, he estado muy ocupado. —Luke apoyó un codo en la mesa.

—¿Qué ha averiguado?

—La verdad es que no puedo atribuirme el mérito —dijo—. Le corresponde todo a la señora Garrett y a la asombrosa cantidad de información que maneja. Creo que no hay nada que esa mujer no sepa.

«En efecto, lo sabe todo de todo el mundo».

–¿Qué le ha contado?

–Todo sobre Arthur Wade.

–¿Arthur Wade? –repetí–. ¿El hombre que le paga el alquiler a Margaret Leaming?

–El mismo.

–Y ¿cómo ha acabado hablando de Arthur Wade con la señora Garrett?

Maud levantó la tapa de la tetera, añadió varias hojas más de té, las cubrió con agua hirviendo y lo removió bien.

–Vamos a tomarnos una buena taza de té mientras hablamos.

Había bebido más té durante la última semana que en lo que llevábamos de año. Era una de las ventajas de dedicarse a investigar. Con la excepción del té de la señora Garrett, por supuesto. Aunque sabía que debía mostrar más compasión hacia ella dado que era una pobre viuda, personalmente prefería no beber té que beber uno malísimo.

–Me he limitado a ir a verla y preguntarle si el nombre le sonaba de algo.

–¿Y?

–Le sonaba –confirmó él.

–¡Y ahora viene la parte más emocionante!

Maud sirvió tres tazas de té mientras todo su cuerpo vibraba con un entusiasmo apenas reprimido.

–¿De qué conocía el nombre?

–¡Por el periódico!

Luke miró a Maud.

–¿Quién está contando la historia?

–Lo siento, vicario. –Maud sonrió con una expresión de todo menos contrita.

–¿Por qué salía Arthur Wade en el periódico?

–Estuvo en la cárcel –se apresuró a contestar Luke, sin duda decidido a revelar la información antes de que Maud se le pudiera adelantar de nuevo–. Por vender muebles robados.

–¡Sheraton!

–El inspector Robertson ha vuelto a Slough para discutir el caso con un antiguo tasador.

–¿Estaba la señora Leaming involucrada en los robos?

–En el artículo que recordaba la señora Garrett, se hablaba de un hombre que había ido a prisión por robar muebles de casas bombardeadas. Por eso recordaba el nombre y el caso con tanta claridad: ¿qué clase de persona se dedica a robar a personas cuyas casas han quedado arrasadas? El inspector ha llamado a Slough y ha confirmado que el tipo ha sido puesto en libertad.

–¿Tan pronto? –Le di un sorbo al té–. Qué vergüenza.

–Tan solo pudieron imputarle un delito. –Luke hizo una mueca de indignación–. Aunque la Policía siempre creyó que había más.

–La casa de la señora Leaming está atestada de muebles. –Me tomé un momento para pensar–. Tal vez por eso la tiene tan dejada. Con el desagradable hedor provocado por los gatos, poca gente querría entrar.

–Creo que por eso se la encontró en ese estado cuando fue a verla el domingo –dijo Luke–. La señora Warren fue a casa de la señora Leaming y se fijó en que estaba llena de muebles antiguos. Así que Margaret tuvo que matar a Alice para evitar que informara a las autoridades.

–¿Cree que le entró el pánico al ver el revuelo que provocó?

–Sí. Y le salió el tiro por la culata porque la Policía se presentó en el pueblo y empezó a indagar y hacer preguntas.

–Yo no creo que sea ella –dijo Maud.

–¿Por qué no? Es plausible.

–En mi opinión, el asesino es Charles.

–¿Lo dice porque ha oído el rumor de que tiene una amiguita?

–Sí. Y mató a Alice para cobrar el dinero del seguro y vivir con su nueva mujer.

–A mí no me lo parece –dijo Luke–. Creo que el dolor por haber perdido a su mujer era genuino.

–¿Sabemos quién se encarga del jardín de la señora Leaming? –quise saber en cuanto esa pregunta, cuya respuesta desconocía, me vino a la cabeza.

–George Felton, por supuesto –respondió Maud de inmediato.

–¿Es posible que estén conchabados? –musité.

–No nos olvidemos de Joe Noble –dijo Luke–. No parecía muy contento cuando se enteró de que me había hablado usted de las ventas ilegales de alcohol que realiza en su *pub*. Hablando de eso...

Me pasó un sobre cerrado por encima de la mesa.

–¿Qué es esto?

–Ha dicho que es lo que le debía –explicó Luke.

–¿Cree que se trata de eso? ¿O es dinero para que mantenga la boca cerrada?

Él se encogió de hombros.

–Podría ser cualquiera de las dos cosas.

Deslicé un dedo por debajo de la solapa del sobre y eché un vistazo al contenido. Había suficiente para que Ruby yo nos diéramos el capricho de pasar una noche fuera en Londres, y aún nos sobraría una buena cantidad. A lo mejor me daba el lujo de comprarme un vestido nuevo.

–Y por último está Ernest Harrington –dije–. La niñera me ha contado que se portaba muy mal con Elsie y, además, discutían mucho porque ella pensaba que él le era infiel.

–Madre mía. –Maud chasqueó la lengua–. Parece que el pueblo entero está dale que te pego.

Traté de ignorar la mirada incisiva que nos dedicó a Luke y a mí, pero eso no evitó que las mejillas se me encendieran de la vergüenza. Recordé las palabras del obispo la noche anterior y decidí mantener las distancias con el vicario en cuanto resolviéramos aquel caso. No era justo que se viera envuelto en rumores varios. Hasta que Stan apareciera o me diera el divorcio, o bien hasta que encontraran su cuerpo, no tenía derecho a albergar sentimientos románticos hacia otro hombre.

–Nada es lo que parece –dijo Luke–. El sábado, tras la muerte de la señora Warren, el señor Harrington se mostró muy afectuoso con su mujer.

–Y a veces las cosas son precisamente lo que parecen –dije en voz baja al tiempo que la última pieza del rompecabezas encajaba en mi mente.

¿Por qué habíamos complicado tanto las cosas cuando la respuesta era tan sencilla?

–¿Qué quiere decir?

–Creo que se quién es.

Aunque lo dije en tono vacilante, en cuanto las palabras salieron de mi boca mis dudas se disiparon. A veces, las cosas son precisamente lo que parecen.

–Tiene que decírselo de inmediato al inspector Robertson –me apremió Maud.

–¡Después de contárnoslo a nosotros, claro! –Luke me miró para que revelara el nombre de la persona que creía que había cometido los asesinatos.

–Oh, no, todavía no puedo darle el nombre al inspector –repuse–. No serviría de nada. No tenemos pruebas, aunque sé exactamente cómo conseguirlas.

–Creo que no me gusta la expresión que tiene ahora mismo –dijo Luke–. ¿Se le ha ocurrido un plan?

Me puse en pie.

–Sí. Tengo que ir al pueblo antes de que cierren la oficina de Correos.

–¿La oficina de Correos? –Luke arqueó una ceja.

–En este pueblo, los cotilleos se originan en los sitios donde la gente se reúne: las tiendas o la iglesia. Si le cuento a la señora Rogers que sé quién es el asesino, el pueblo entero lo sabrá para cuando se sienten a cenar.

–Ese es el plan más absurdo que he escuchado en mi vida –dijo

Luke—. Va usted a correr un riesgo innecesario; ¡podría acabar muy mal!

—Esa es la idea.

—Vaya por Dios —dijo Maud—. Creo que le ha dado demasiado el sol. Se le ha fundido el cerebro.

—¿No se dan cuenta? Si digo que sé quién lo hizo, esa persona vendrá a atacarme para asegurarse de que no hablo.

—El hecho de deletrear su plan para que lo entienda hasta un niño no lo convierte en un buen plan. —Luke meneó la cabeza—. Es una idea absurda. No se lo puedo permitir.

—¿Que no me lo puede permitir?

Su tono posesivo me irritó. Cualquier imagen de sus masculinos antebrazos abandonó mi cabeza más rápido de lo que el gato de Maud huía de Lizzie.

—Va a conseguir que la maten —dijo en tono malhumorado.

—No si le cuento mi plan al inspector Robertson y él destaca un par de agentes en mi casa para que atrapen al asesino.

—¿Y si llegan demasiado tarde y acaba usted muerta?

—Al menos sabrán quién es el culpable.

—No sea frívola. —Luke se dirigió a grandes zancadas hacia la puerta de la cocina de Maud—. No quiero formar parte de esto. Una cosa es investigar los asesinatos, lo cual ya es peligroso de por sí, y otra muy distinta asumir riesgos innecesarios. Es una decisión muy egoísta, Martha.

La puerta se cerró con suavidad a su espalda. No sé si fue la calma con la que se marchó de la casa, o la manera en la que pronunció mi nombre, pero el caso es que me quedé con la sensación de que acababa de perder algo muy especial.

Esa misma noche, mientras preparaba la cena, le conté mi plan a Ruby. Le expliqué que había ido al pueblo y le había contado a la señora Rogers que le había pedido a la Policía que me llamaran por la mañana, para explicarles con detalle cómo había deducido quién era el asesino.

—Debo decir que estoy de acuerdo con el vicario. Creo que es demasiado peligroso. Para eso está la Policía, ¿no?

—Al inspector, mi plan le ha parecido estupendo.

—Supongo que lo es —convino Ruby—. Si no te matan.

—No me matarán —la tranquilicé.

—En cuanto alguien abra la verja del jardín, Lizzie se pondrá a ladrar. —Los labios de Ruby se curvaron en una sonrisa—. No va a funcionar.

—Lizzie se quedará en tu cuarto, contigo. Si el asesino se equivoca de habitación, ella te mantendrá a salvo.

—¿Cómo va a saber el asesino cuál es la habitación correcta?

—Todas las casas de este tramo son idénticas. El dormitorio principal da a la fachada delantera, y el cuarto pequeño está atrás.

—¿Crees que va a venir esta noche?

—Yo de él lo haría, ¿tú no? Si creyeras que alguien conoce tu identidad y ha dejado claro que va a hablar con la Policía al día siguiente. No me cabe duda de que esta noche el asesino tratará de cerrarme la boca para siempre.

Ruby se estremeció.

—No sé cómo puedes tomártelo con tanta tranquilidad, Martha. Estamos hablando de tu muerte.

—Tengo fe en la Policía, y tampoco es que nadie fuera a echarme mucho de menos.

—¡Martha! —Ruby estampó la taza en el platillo—. El vicario tiene razón. Eres una egoísta. ¿Cómo puedes decir algo así? Yo te echaría de menos. Te echaría un montón de menos.

—Lo siento. Eso ha sido muy poco considerado. —Removí la sopa de verduras y luego me acerqué a ella y le di unas palmaditas en el hombro—. Soy tu hermana. Claro que me vas a echar de menos.

—No es eso. —Parecía que estaba a punto a de echarse a llorar—. No es solo porque seas mi hermana, es porque eres tú. Martha, ¿de verdad no tienes ni idea de lo mucho que te admiro?

−¿A mí?

−Sí. −Alargó la mano y me cubrió la mía−. No podría pedir una mejor hermana mayor.

−Soy yo la que te admira a ti −le dije−. Sabes muchas cosas que yo solo puedo soñar con conocer.

−Ah −se limitó a decir−. Son solo cosas. Cualquiera puede aprender sobre maquillaje, peinados y ropa. Tú me cuidas cada día con tus pequeños gestos. Por el amor de Dios, Martha, si hasta me calientas las zapatillas antes de que llegue a casa del trabajo en pleno verano.

−Y voy a seguir haciéndolo hasta el día que te cases.

Ruby resopló.

−Pues espera sentada.

−¿Y eso? −pregunté, disfrutando de la conexión emocional que compartíamos en aquel momento−. ¿Y ese tipo con el que te vi el martes en el andén del tren? Parecía muy interesado en ti.

−Ya te dije que no era nadie −me contestó con brusquedad.

−Pero...

−¿Podemos hablar de otra cosa? −Se dio la vuelta y me dedicó una sonrisa−. Que no sea de él ni de los asesinatos.

−Creo que ya no me acuerdo de cómo tener una conversación que no incluya muertes, venenos o asesinos.

−Se me había olvidado decirte una cosa. −Ruby cogió una cucharilla y se puso a remover el té con gesto distraído−. Cuando venía de la estación, he visto a una mujer entrando en casa de Charles Warren.

−¿Estás segura de que era la casa de Charles?

−Del todo −contestó−. Sé que parezco la señora Burnett o la señora Garrett, pero hasta me he parado para fijarme bien. Él ha abierto la puerta, le ha dado un beso en la mejilla y a ver si adivinas qué ha hecho después.

−Creo que soy incapaz de adivinarlo. ¿Qué ha hecho?

−Ha cogido la maleta que llevaba ella, y luego la ha hecho pasar. A plena luz del día. Con todo el descaro.

—A lo mejor es su hija.

—Martha, ya sabes que los Warren no tienen hijos. Llevamos suficiente tiempo viviendo en Westleham como para saberlo.

Me acerqué de nuevo a los fogones. Lo que me había contado Ruby me había dejado una sensación de tristeza en el cuerpo. Había creído de verdad que Charles amaba a Alice. Ahora, por lo visto, resultaba que la señora Burnett tenía razón y que todos los vecinos del pueblo se veían a escondidas con otras personas.

Me senté en una silla a los pies de mi cama. Cuando el asesino abriera la puerta de mi cuarto, vería la cama vacía. Con un poco de suerte, la distancia proporcionaría a la Policía tiempo suficiente para aparecer por sorpresa y atrapar al despiadado envenenador antes de que le diera tiempo a atacarme.

En el reloj de la iglesia dieron las tres de la madrugada. Los ojos me escocían de tenerlos abiertos cuando hacía mucho que había pasado mi hora de irme a la cama, pero no me atrevía a cerrarlos. Aunque había policías conmigo en el dormitorio, abajo en la sala y otro con Ruby, yo estaba aterrorizada, a pesar de la bravuconería que había mostrado antes.

Me pareció oír un ruido fuera, pero la verdad era que ya me había parecido oír algo una docena de veces. Contuve la respiración, como si eso fuera a aguzarme el oído, y me esforcé por escuchar si el sonido se repetía. En ese momento, un tenue clic me informó de que alguien acababa de cerrar la verja de mi jardín.

Mi corazón desbocado hacía más ruido que el tren a Londres, y pensé que iba a vomitar. Tenía la sensación de que se me había metido el estómago en los pulmones, y me costaba respirar hondo.

Sentía tal terror que me resultaba difícil discernir qué sonidos eran reales y cuáles imaginaciones de mi mente aterrada. Pero el crujido del tercer escalón antes de llegar arriba sin duda fue real y pareció resonar por la silenciosa casa. Yo tenía los pies fríos, a pesar de llevar puestas las zapatillas. Me pregunté si sería capaz de moverme si era necesario, o si estaría demasiado asustada o mis músculos se negarían a funcionar después de pasar tanto tiempo sentada en el mismo sitio.

El pomo de la puerta se movió y yo sentí deseos de cerrar los ojos con fuerza. Pero ya era demasiado tarde para dar marcha atrás. La realidad era más aterradora de lo que había imaginado. Peor que cualquier pesadilla que hubiera tenido.

La puerta se abrió lentamente y yo cerré la mano alrededor de la linterna que tenía guardada en el bolsillo del camisón. En cuanto la figura ataviada con ropa oscura entró con sigilo en el cuarto, pulsé el botón y enfoqué el haz de luz directamente hacia la sorprendida cara del intruso.

Él cogió una almohada de mi cama y, en un abrir y cerrar de ojos, me cubrió la cara. Yo intenté gritar, pero de mi garganta no salió ningún sonido.

Alargué la mano con la que sujetaba la linterna y traté de impactar en la cabeza de Ernest Harrington. Un sonoro crujido me informó de que había dado en el blanco. La almohada cayó al suelo y, al abrir los ojos, me encontré mi habitación llena de agentes de Policía.

—¿Martha? —La voz de Ruby parecía provenir de un lugar muy lejano—. Cariño, ¿estás bien?

—Sí —contesté, y a continuación me deshice en un mar de lágrimas.

Alguien encendió la luz del dormitorio principal. Ruby estaba a mi lado rodeándome con sus brazos, al tiempo que murmuraba palabras de consuelo y me acariciaba el pelo. Lo cual me hizo llorar con más fuerza. ¿Cómo era posible que hubiera llegado nada menos que a los treinta y tres años sin haber recibido una muestra de verdadero afecto?

Se oyeron unos pasos contundentes en la escalera de madera y el inspector Robertson entró en la habitación.

—¿Se encuentra bien, señora Miller? Ha sido usted excepcionalmente valiente.

—No solo eso —dijo Ruby—, le ha dado un porrazo en la cabeza. Mi hermana es una heroína.

—Sí, señorita Andrews, es verdad.

—¿Está muerto? —Me asomé por encima del hombro de Ruby.

—No, solo inconsciente.

—Qué pena —dijo Ruby sin piedad.

—Ha intentado asfixiarme —susurré.

—Jamás habríamos dejado que llegara a ese punto —señaló el inspector.

—Me ha puesto la almohada sobre la cara —dije, indignada—. Créame, en ese momento he pensado que el vicario tenía razón y que había sido una locura proponer este plan tan descabellado.

—Bien está lo que bien acaba. —Ruby se sacó un pañuelo del bolsillo del camisón y me lo pasó.

—Pónganle las esposas. —El detective señaló a Ernest y un agente uniformado se adelantó de un salto para cumplir sus órdenes—. Lo último que queremos es que recupere la conciencia e intente escaparse. Estoy demasiado cansado para perseguirlo por el pueblo.

—Madre mía, mírame. No puedo dejar de temblar. —Levanté las manos a la altura de los ojos.

—Lo que necesitas es una taza de té caliente —dijo Ruby en tono decidido—. Vamos a buscar a Lizzie y nos instalaremos en la cocina. Prepararé una tetera de té como Dios manda.

—No podemos...

—Vaya si podemos —replicó ella—. Si no nos permitimos una buena taza de té cargado de azúcar después de la noche que hemos tenido, ¿cuándo vamos a hacerlo?

—Pero las raciones no nos van a durar si...

—Martha, ¡haremos lo que yo diga y sanseacabó!

Ruby tiró de mí para ponerme en pie. Esquivamos a Ernest Harrington, que estaba tendido boca arriba en el suelo, y nos dirigimos a la puerta del dormitorio.

—Gracias, señora Miller. —El inspector Robertson me puso una mano en el brazo—. Por la mañana me pasaré para atar todos los cabos.

–Ya es la mañana –señaló Ruby en tono burlón.

–Quiero decir más tarde, cuando hayan tenido tiempo de descansar.

Se le habían puesto las orejas rosas, y un leve rubor le cubría las mejillas.

–Por favor, dé las gracias a sus compañeros –dije–. Con ellos en la casa, me he sentido más segura.

–Aunque no los necesitabas, ¿verdad? –Ruby me dio un apretón en el brazo–. Estoy muy orgullosa de ti.

15

A la mañana siguiente, la señora Garrett, la señora Burnett y yo estábamos sentadas a la mesa de la cocina cuando el inspector Robertson volvió a mi casa. Ruby se había ido a trabajar como cada día, a pesar de no haber dormido nada.

—¿Ha confesado? —quise saber.

—Se niega a hablar —contestó el inspector.

—¿Quién? —preguntaron al unísono la señora Burnett y la señora Garrett.

—¿No les ha dicho quién es? —preguntó el inspector, soltando una risa.

—Quería esperar a que llegara usted para contar la historia una sola vez.

Me acerqué a la ventana de la cocina y miré hacia fuera. No había ni rastro de Luke. Había esperado que viniera aquella mañana para ver cómo había acabado todo, pero debía tener cosas mejores que hacer. No tenía sentido amargarme. El vicario no era para mí. El hecho de que no hubiera venido demostraba su sensatez.

—Bueno, señora Miller, ¿por dónde quiere empezar?

—Yo quiero saber cómo dedujo quién era —dijo Maud.

—No sea ridícula —intervino Ada—. Una historia se empieza por el principio, no por el final.

—No podría haberlo descubierto sin ustedes. —Les dediqué una sonrisa a Maud y Ada—. Son las dos estupendas.

—Sí que lo somos, ¿verdad? —Maud miró al inspector—. Por suerte para usted.

—Empezaré por la feria —dije—. En ese momento, pensé que alguien con un móvil concreto había matado deliberadamente a la señora Warren.

–¿No la mataron a propósito? –quiso saber Ada.

–No –contesté–. O sea, el asesino quería matar a alguien, pero no le importaba a quién.

–Creo que no lo entiendo. –Maud frunció el ceño.

–Yo tampoco. Estuve desorientada durante muchos días hasta que, de repente, la respuesta surgió ante mí, y era de una claridad tan meridiana que me sentí estúpida por no haberla visto enseguida.

–En ese caso, yo debo ser tonta del bote. Estaba con usted anoche, cuando llegó a su conclusión, y sigo sin entenderlo.

Alargué la mano hacia el centro de la mesa y cogí mis notas.

–Al principio pensaba que el asesino debía tener un motivo para matar a Alice. ¿Ven lo que escribí en estas columnas? La única persona que tenía un móvil real para matar a Alice era su marido. –Le di la vuelta a la hoja–. Sin embargo, no tenía móvil alguno para matar a Elsie.

–¿Tenía alguien un móvil para matar a Elsie? –preguntó Maud.

–Joe Noble, pero estaba un poco cogido por los pelos.

El inspector frunció el ceño.

–Ah, ¿sí? Creo que esa información no me la contó.

Miré la hoja de papel que sostenía en las manos.

–Si no le importa, preferiría que eso quedara entre Joe y yo.

–¿Guarda relación con la investigación?

–Ninguna.

–En ese caso, de acuerdo –dijo–. Prosiga.

–Si nos fijamos en la última columna, había tantas personas que tuvieron oportunidad de matar a ambas mujeres que resultaba difícil establecer qué hechos eran relevantes y cuáles formaban parte de la vida cotidiana del pueblo. Prácticamente todos guardamos secretos. En ocasiones, la gente mata para que su vida privada no se airee.

–¿Qué quiere decir esta anotación, «Sheraton»? –quiso saber Maud.

–Creo que conozco la respuesta –dijo Ada–. Tiene algo que ver con el hombre por el que me preguntó, ¿verdad? Arthur Wade.

La indignación ensombreció el rostro del inspector.

—Un crimen de lo más repulsivo. ¿Qué clase de persona saquea casas bombardeadas?

Maud chasqueó la lengua en señal de desaprobación.

—Una sabandija. Eso es lo que es.

—¿Qué tiene eso que ver con la investigación?

—Está relacionado con la información que me dio usted, señora Garrett. Me resultó muy útil. Una vez supimos que Arthur Wade pagaba el alquiler de la casa de la señora Leaming, era imprescindible averiguar quién era y por qué mantenía una casa en la que no vivía.

—Mira que conchabarse con un delincuente... Menuda es la señora Leaming. —Maud meneó la cabeza—. Qué vergüenza.

—Ella no estaba directamente implicada en los delitos —nos explicó el inspector Robertson—. Creemos que los responsables de los robos eran una banda de hombres. La señora Leaming se hacía pasar por una viuda de guerra y almacenaba los artículos robados en su casa. De vez en cuando, el señor Wade, o uno de sus cómplices, se llevaba uno de los muebles y lo vendía. Tenían mucho cuidado de no venderlos en la misma zona en la que los habían robado.

—Pero ¿no estaba en la cárcel? —La expresión de Ada era especialmente avinagrada.

—Lo pillaron con las manos en la masa mientras robaba una casa en mil novecientos cuarenta y cuatro —confirmó el inspector—. Después de hacer un inventario de todo lo que había en casa de la señora Leaming, hemos podido imputarle diversos delitos. Esta vez estará encerrado mucho más de dos años.

—Deberían echar la llave al mar —dijo Ada con desagrado.

Maud dio unos golpecitos con el dedo en la hoja que tenía frente a mí.

—Entonces, ¿Alice sabía que el aparador de casa de la señora Leaming era un Sheraton?

—No sé si estaba segura, pero al menos lo sospechaba, y la señora Leaming sabía que estaba tras su pista.

–Podría haberla matado para silenciarla, y así el tal Wade y ella habrían seguido vendiendo sus muebles robados.

–Sí, pero fui incapaz de encontrar un motivo por el que la señora Leaming pudiera querer deshacerse de Elsie. No tenía lógica alguna. No parecía haber ningún rasgo en común entre los asesinatos, salvo, por supuesto, el método que utilizaron para matarlas.

–¿Y George?

–El inspector estaba convencido de que George no había tenido la oportunidad de matar a ninguna de las dos mujeres. No se encontraba cerca de la carpa en los momentos previos a la muerte de Alice, y ni siquiera estaba en el pueblo cuando murió Elsie. Sin embargo, el vicario y yo nos dimos cuenta de que al asesino no le hacía falta hallarse en las inmediaciones cuando ambas mujeres murieron. Tan solo tenía que asegurarse de envenenar sus bebidas.

–El veneno de la botella de Elsie podría haberse echado en cualquier momento, y George estaba siempre allí ocupándose del jardín. Nunca me he fiado de ese hombre.

–Y ¿qué es esto que dice aquí sobre sus habas?

–Gracias a las notas del comité que guardaba Alice, me fijé en que el señor Felton afirmaba que el saboteador de los huertos había destrozado sus habas. Sin embargo, ganó el primer premio por ellas en la feria. Pero ¿era motivo suficiente para matar a Alice? No estaba segura.

Ada cogió la tetera y llenó las tazas de todos.

–Quienquiera que matara a Alice podría haber matado a Elsie para evitar que hablara. A lo mejor descubrió algo y tuvieron que silenciarla.

–Vamos a centrarnos en Charles –dije–. En cuanto nos enteramos de que tenía un cuantioso seguro de vida a nombre de Alice, parecía verosímil que fuera el culpable. Me da un poco de vergüenza reconocer que el vicario y yo lo seguimos a Londres para intentar pillarlo con la amiguita con la que creíamos que estaba liado.

–¿Y lo pillaron? –preguntó Ada.

–No, tal amiguita no existe.

–Me alegro; me cae bien el señor Warren. Fue un buen marido para Alice. Muy atento y trabajador.

–Ayer por la noche, Ruby vio entrar a una mujer en su casa, pero el inspector me ha informado de que era su hermana. Así pues, tenía un motivo económico para matar a su mujer, pero ninguno para matar a Elsie.

–¿Quién queda?

–Ernest Harrington.

–¿Fue él? –Maud se inclinó hacia delante, con la cara sonrojada por la emoción.

–Sí, fue él.

Ada meneó la cabeza.

–No lo entiendo. Pasa lo mismo que con el señor Warren, pero al revés. Tiene sentido que quisiera matar a su propia esposa, pero ¿por qué iba a querer matar a Alice?

–Como he dicho antes, no quería matarla a ella. Quería matar a alguien, no importaba quién. Cuando Florence le dijo al vicario que las bebidas estaban preparadas antes de que empezara a servirlas, me di cuenta de que la muerte de Alice era un crimen aleatorio. Su única intención era crear una cortina de humo que ocultara el verdadero móvil de los asesinatos.

–Qué crueldad –murmuró Maud–. Pobre Alice. Y pobre Charles.

–¿Por qué quería acabar con su mujer?

–Es casi seguro que el señor Harrington tenía una aventura.

–¿No lo sabe con certeza? –preguntó el inspector, con una expresión de desconcierto en su apuesto rostro–. Creía que no tenía dudas de sus conclusiones. Por eso accedí a que le tendiera la trampa anoche.

–Estaba todo lo segura que podía estar. –Me terminé el té. Por una vez, no me importaba consumir nuestras raciones. ¿A quién le importaban esas cosas después de la semana que había tenido?–. Era la única explicación lógica. La señora Rogers dejó caer que Ernest pasaba mucho tiempo en el *pub*, la niñera me contó que le pedía que enviara cartas a alguien en Edgecumbe, y la camarera que trabaja para Joe Noble los fines de semanas es de ese pueblo.

—Eso está muy cogido por los pelos. —El inspector se frotó la mandíbula con la mano.

—Es verdad —convine—. Pero todo encajaba. Anoche, cuando discutimos lo que había averiguado gracias a Nancy Turner y el vicario comentó que nada era lo que parecía, me vino una idea a la cabeza: a veces las cosas son precisamente lo que parecen. Y, en este caso, así era. Un hombre que asesinó porque había encontrado a una mujer a la que deseaba más que a su esposa.

—Muy listo —dijo Ada—. De una manera de lo más retorcida, claro.

—¿Qué va a hacer ahora, señora Miller?

—Me parece, señora Burnett, que me voy a llevar una manta al jardín y me voy a echar una siesta.

—Dios mío, ¡qué decadente! —comentó Ada con una sonrisa de oreja a oreja.

—Será mejor que me marche a ver cómo van las cosas en casa de la señora Leaming —dijo el inspector—. Me pasaré luego para ponerla al día.

—Supongo que vendrá hacia las seis, ¿verdad?

—Eeh..., sí. Seguramente será hacia esa hora.

—Menuda coincidencia.

—Lo acompaño.

Al acercarnos a la puerta, me cogió del codo.

—Tengo intención de pedirle una cita a su hermana.

—¿Me está pidiendo permiso?

—¿Lo necesito?

—No soy su madre —contesté, disfrutando con su incomodidad.

—Aun así, me gustaría tener su bendición. Ruby vive aquí con usted. Creo que lo más apropiado es que se lo pregunte.

—Parece usted un buen tipo —le dije—. Pero la decisión es de mi hermana. Puede ser bastante testaruda, como estoy segura de que se habrá dado cuenta.

Él sonrió.

–Es una de las cosas que más me gustan de ella.

Esa misma tarde, alguien llamó a la puerta momentos después de que Ruby llegara a casa del trabajo.

–Madre mía, ¡tiene más ganas de las que creía!

–¿Quién? –preguntó Ruby, con una expresión de desconcierto.

–No importa. –Salí apresuradamente de la cocina para abrir la puerta–. Se ha dado usted mucha... Ay, Dios mío, ¿quién es usted?

El hombre que había en la entrada tenía un aspecto que me resultaba vagamente familiar.

–¿Es aquí donde vive Ruby? Usted debe ser Martha.

No me gustó su tono. Me trataba con demasiada confianza.

–Soy la señora Miller, la hermana de Ruby. ¿Y usted es?

–Phillip. Phillip Hardcare. Trabajo con Ruby.

–No me diga. –Al fin caí en la cuenta de que no era la primera vez que veía a aquel hombre–. Usted estaba en el andén de la estación de Slough el martes por la mañana. Lo vi tratando muy mal a mi hermana.

Él intentó mirar por encima de mi hombro.

–Si pudiera pasar y....

–No. –Sacudí la cabeza con un énfasis exagerado–. No puede. No le conozco, y lo que sé de usted no me gusta.

–¡Ruby! –exclamó él–. ¡Ruby, tengo que verte! ¡Ruby, por favor!

Traté de cerrar la puerta, pero él colocó el pie para impedírmelo. Ruby se acercó por el pasillo y se quedó detrás de mí.

–Márchate, Phillip. Ya te he dicho que hemos terminado.

–¿Hay algún problema?

Nunca me había alegrado tanto de escuchar la voz del inspector Robertson, que llegó flotando hasta mí antes de que él recorriera la corta distancia hasta la puerta con sus largas zancadas.

–¿Le está molestando este hombre, señora Miller?

–Ha venido a ver a Ruby, pero le he pedido que se marche y se niega a hacerlo.

El inspector se cernió sobre Phillip Hardcare, que, con actitud malhumorada, alargó la mano para agarrar a Ruby del brazo.

–Ven y habla conmigo, ¡por favor!

–Si quiere conservar esa mano, hará bien en apartarla del brazo de la señorita. ¡Ahora! –rugió el inspector.

Phillip soltó a Ruby y retrocedió. Era guapo de una manera zalamera y engreída. Con los zapatos relucientes, demasiada gomina y un exceso de confianza.

–No sé a qué viene tanto revuelo. Solo quería hablar con ella.

–Los jóvenes como Dios manda no llaman con actitud irrespetuosa a la puerta de una señorita y se niegan a marcharse cuando se lo piden –dije con sequedad.

–Es que yo amo a su hermana.

Una expresión de terquedad le atravesó el rostro y Ruby dejó escapar un suspiro.

–¡Estás casado, Phillip!

–¡Ruby! –No pude disimular la decepción de mi tono al tiempo que me volvía hacia ella–. ¿Cómo has podido mantener una relación con un hombre casado?

A mi hermana se le llenaron los ojos de lágrimas.

–No sabía que estaba casado. En cuanto me enteré, puse fin a nuestra relación, pero él se niega a aceptarlo. Me sigue por todas partes y me está esperando cada vez que el tren llega a Slough. ¡Es peor que la peste!

–Vamos. –El inspector Robertson cogió a Phillip por el codo y lo arrastró hasta la verja–. Si me entero de que ha vuelto a acercarse a esta señorita, lo detendré por alteración del orden público. Y ahora piérdase.

–Gracias, inspector –dijo Ruby.

–No creo que le dé más problemas, señorita Andrews, pero, en caso de que lo haga, dígamelo y me ocuparé de él.

—Pase a la cocina, que le prepararé una taza de té –dijo ella–. Con leche y dos cucharaditas de azúcar, ¿verdad?

—¿Cómo lo sabe?

Me quedé mirando al inspector y, en efecto, las puntas de sus orejas volvían a estar rosas. La actitud de Ruby hacia él se había ablandado de manera considerable y el hecho de que se acordara de cómo tomaba el té era una señal definitiva de que le gustaba el apuesto inspector.

—Me acuerdo –dijo con timidez. De no haberla escuchado con mis propios oídos, jamás habría creído que Ruby pudiera mostrarse cohibida–. ¿Tú quieres una taza, Martha?

—No, para mí no, gracias. Esta semana he bebido tanto té que creo que no puedo ni olerlo.

—¿Ha disfrutado de su siesta al sol, señora Miller?

—No he podido dormir –confesé–. No puedo quitarme de la cabeza los sucesos de anoche.

Esa no era toda la verdad. Me daba miedo quedarme dormida en el jardín y no escuchar a Luke cuando viniera a hablar conmigo del caso, como seguro que haría. Sin embargo, no lo había hecho. La última vez que lo había visto era la tarde anterior, cuando había salido de la cocina de Maud. Aunque pareciera una ridiculez echar de menos a alguien al que hacía menos de una semana que conocía, lamentaba haber perdido su compañía.

—Vamos a sentarnos fuera –propuso Ruby–. Ahora se está mucho más fresco.

Yo me dirigí a la sala y cogí la manta del respaldo del sofá.

—Venga.

Ruby y yo extendimos la manta sobre la pequeña zona de césped y nos sentamos encima. El inspector se quedó plantado frente a nosotras, incómodo, de espaldas a la verja del jardín que había en un lado de la casa.

—Me gustaría hablar con su hermana –dijo.

—Estupendo. Por mí no se corte.

—Para pedirle lo que hemos hablado antes.

–Sí, me acuerdo –dije–. Siga, siga.

–Señorita Andrews.

Se quitó el sombrero de la cabeza y le dio vueltas en las manos. Ruby me miró con expresión confundida y yo le sonreí antes de animar al inspector con un gesto de la cabeza. Mientras miraba en su dirección, vi a Luke acercarse a la verja del jardín.

–Me preguntaba si le gustaría ir conmigo al cine mañana por la noche. La puedo recoger con mi coche.

Luke giró sobre sus talones y se dirigió de nuevo al lateral de la casa. Podría haberlo llamado y haberle explicado que el detective le estaba pidiendo una cita a Ruby, que quedaba fuera de su vista, y no a mí, pero no lo hice. Seguramente, lo mejor fuera que no lo animara a pasar más tiempo conmigo.

–Qué buena idea –dijo Ruby con cautela–. Me gustaría mucho.

–Estupendo –intervine–. Supongo que cuidará usted de mi hermana, inspector, y la traerá de vuelta a casa a una hora razonable, ¿verdad?

–¡Martha! –chilló Ruby–. Qué vergüenza.

–¿De verdad?

Ella me miró y las dos nos echamos a reír.

–¿Cómo quiere que lo llame? –preguntó Ruby.

–¿Qué? No la entiendo.

–Mañana, tonto –respondió ella–. No puedo llamarlo «inspector» cuando estemos en la ciudad, ¿no cree?

–Ah, ya la entiendo. Ahora que el caso está cerrado, puede llamarme Ben.

–Y usted llámeme Martha –dije yo–. Y ahora siéntese; me está cogiendo tortícolis de mirar hacia arriba.

Ruby y yo nos pegamos más para hacerle sitio. Ella me cogió el brazo y me dio un apretón. Los ojos se me llenaron de lágrimas de felicidad. Mi hermana y yo estábamos más unidas que nunca. Había dos mujeres en el pueblo a las que creía que podía considerar mis amigas. En el pasado, tan solo había tenido conocidas, nunca amigas de verdad.

Lizzie se me subió al regazo y me dio un lametón en la cara. Era muy afortunada, mucho más que mucha gente, a pesar de mis problemas con Stan. La tristeza que sentía porque Luke se hubiera marchado se desvanecería. Al día siguiente, seguiría con mi vida cotidiana: el huerto, el comité del pueblo y ocuparme de la casa y de Ruby.

Se habían acabado las prolongadas charlas con el vicario acerca de sospechosos, móviles y el avance de nuestra investigación. Estaría agradecida de por vida por aquella última semana en la que, ni que fuera por un breve instante, había podido olvidar que era una esposa abandonada con una vida aislada y aburrida.

—¿Va a conducir esta noche? —le preguntó de improviso Ruby a Ben.

—No. Hoy no he venido en coche.

—¿Ha terminado su servicio de manera oficial?

—Sí.

Ella se puso en pie de un salto y le quitó la taza de las manos.

—Voy a tirar este té. Mi hermana acaba de resolver un doble asesinato. ¡Eso se merece su mejor ginebra de ciruelas!

Echó a correr hacia el interior de la casa y regresó con una botella de tónica, la ginebra y tres vasos.

—Una idea excelente, Ruby. Gracias.

Mi hermana nos llenó los vasos.

—Por mi hermana, la detective. ¡Salud!

No recordaba un momento en mi vida en el que hubiera sido más feliz. Le sonreí de oreja a oreja.

—¡Salud!

Índice

p.   9   *Dramatis personae*

  11   Capítulo 1

  25   Capítulo 2

  37   Capítulo 3

  52   Capítulo 4

  69   Capítulo 5

  88   Capítulo 6

102   Capítulo 7

118   Capítulo 8

129   Capítulo 9

140   Capítulo 10

153   Capítulo 11

167   Capítulo 12

181   Capítulo 13

197   Capítulo 14

210   Capítulo 15